D0988401

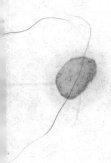

Le Torrent

Anne Hébert

Le Torrent

Nouvelle édition

Introduction de
Robert Harvey

BQ

BIBLIOTHÈQUE QUÉBÉCOISE

Bibliothèque québécoise inc. est une société d'édition adminis-
trée conjointement par la Corporation des éditions Fides, les
éditions Hurtubise HMH ltée et Leméac éditeur.

Éditeur délégué

Jean Yves Collette

Conseiller littéraire

Aurélien Boivin

DÉPÔT LÉGAL : PREMIER TRIMESTRE 1989
BIBLIOTHÈQUE NATIONALE DU QUÉBEC

© Éditions Hurtubise HMH, 1989
ISBN : 2-89406-033-5

Pour un nouveau *Torrent*

La première nouvelle de ce recueil est un récit puissant, une histoire mystérieuse pleine de fougue et de ferveur. Voici un classique de la littérature québécoise qui révèle encore aujourd'hui l'étonnante efficacité de son écriture. Matrice symbolique de l'œuvre entière[1], ce texte majeur intéressera tous les lecteurs d'Anne Hébert. Voyons ce qu'en dit l'auteure : « Il n'y a que le dernier roman sur lequel je travaille qui m'importe. Ou alors les toutes premières œuvres. J'ai relu *le Torrent* quarante ans après (1985), pratiquement comme le livre de quelqu'un d'autre. Et j'ai aimé ! Ça tenait le coup[2]. » Elle ajoute ailleurs : « Depuis *le Torrent* mon langage n'a pas dévié. Mais pour entretenir cette fidélité, il y a des exigences[3]. »

La lecture du *Torrent* semble s'être arrêtée depuis quelques années à certains aspects de l'œuvre au détriment d'autres, plus importants, et même plus déterminants pour sa compréhension. En fait, il s'agit de savoir maintenant si l'on va rendre sa liberté au lecteur en favorisant une plus grande ouverture aux sollicitations du texte. C'est le souhait d'Anne Hébert : « Je m'étonne quand la critique décrit *le Torrent* comme le symbole du Québec enchaîné. C'est une abstraction. Il faudrait plutôt s'interroger sur la fonction de la mère, de la religion, ce sont des problèmes essentiels du moins en ce qui me concerne[4]. » Donc, un classique à relire, mais en respectant cette fois la nécessité absolue du « détour » littéraire.

La « faute » de Claudine

Ce drame prend origine dans une « faute » commise antérieurement par le personnage de la mère, Claudine Perreault. Suite à une grossesse hors mariage, elle se réfugie dans la campagne, loin de son village, pour tenter de s'y « redorer une réputation ». Au moment où commence le récit, on la voit déployer une énergie forcenée à l'éducation de son fils, François, qu'elle destine à la prêtrise. La reconquête du respect des autres, croit-elle, est à ce prix.

Quel intérêt peut encore représenter un défi de ce genre pour un lecteur d'aujourd'hui ? *Le Torrent* doit-il figurer désormais parmi les textes datés comme expression littéraire d'une époque révolue au Québec ? Il ne faudrait surtout pas se méprendre sur l'importance des enjeux en cause. La farouche détermination que met la mère dans le « rachat » de sa faute s'apparente peut-être à l'obstination d'une dévote, mais c'est la portée symbolique de son action qui doit retenir toute notre attention.

Le livre de comptes

Les premières images du texte décrivent une atmosphère de contrainte et de coercition. Une comptabilité stricte semble régir la vie au « domaine » où la mère exerce depuis toujours une emprise tyrannique sur son fils. Et pour cause ! Ne doit-elle pas rendre compte à Dieu de l'éducation de François pour pouvoir « racheter » sa faute, s'affranchir de sa dette envers Lui en remboursant l'« argent du mal » ? D'où ce « livre de comptes » si important pour elle, et dans lequel seront investis des « efforts de comptabilité (parfois inouïs) ». Tout ce qui

« compte » est inscrit religieusement dans ce Grand livre, découvert par François à la fin du récit.

Mais d'où vient cet argent qu'il y trouve, placé dans une enveloppe marquée par Claudine des mots « argent du mal », « à brûler ce soir », suivis de la date correspondant à la journée de sa mort ? Nous savons qu'elle agit toujours « par discipline », pour « se dompter elle-même ». Sa supériorité sur son fils tient précisément à cette « retenue » que lui assure l'« économie » de ses forces. Rien ne lui échappe de la paresse ou des flâneries de François au cours de cet été qui précède son entrée au Séminaire. Elle en fera même son profit : « toute sa vigueur *ramassée* et *accrue* par cette longue et apparente démission… n'était en réalité qu'un *gain* remporté sur sa vivacité ».

En fait, la mère « encaisse » les coups portés à son autorité, s'endurcit et grandit aux yeux du fils subjugué par la « gigantesque Claudine Perreault ». Quelque argent gagné péniblement à la revente des produits de la terre aura servi finalement d'équivalent pour chacun des petits « sacrifices » accomplis depuis la naissance de François. Ce qui permet à Claudine d'écrire à la fin du livre de comptes « SOLDE L'ARGENT DU MAL », au moment où François, l'incarnation même de sa faute, s'apprête à racheter par le sacrifice d'une vie consacrée à la prêtrise le respect des autres en regard d'elle-même. Mais le sacrifice expiatoire n'aura jamais lieu. La mère meurt piétinée par Perceval que François aura libéré de sa stalle, et l'argent demeure intact dans le tiroir du secrétaire.

Une quête de langage

Bien avant qu'aucun coup n'ait été porté réellement entre les deux adversaires que deviendront l'un pour l'autre la mère et le fils, on constate que la lutte s'était déjà engagée au niveau du langage. À l'époque où commence cette histoire, François ignorait presque tout du monde par le « décret d'une volonté antérieure à la [sienne] ». Mais peu à peu, à travers l'expérience du langage — les représentations de sa magie évocatrice — il parviendra intuitivement à saisir l'« esprit du domaine ».

La révélation du prénom de sa mère par l'« homme horrible » rencontré par François au bord du chemin constitue sa première véritable expérience de langage. Elle lui livre le mot comme une force incantatoire dont il pourra disposer au besoin. Cet homme représente tout ce que cette femme combat avec acharnement : une déchéance irrémissible. Et c'est de cet homme que François recevra sa première arme pour combattre la domination de sa mère sur lui : un nom, la « grande Claudine », comme une incarnation. La magie réductrice de l'identité ; le nom de son adversaire. Ce pré-nom lui fait entrevoir pour la première fois l'épaisseur du temps, en suscitant la question des origines. Il lui permet dorénavant de concevoir l'individualité de sa mère et de s'en différencier.

Mais l'éveil de cette dualité représente pour Claudine la confirmation de sa faute. Voilà précisément ce qu'elle combat en y opposant sans relâche le mythe de l'unité dans la continuité : « Tu es mon fils. Tu me continues ». Pour Claudine, toutes ses actions se doivent d'être spectaculaires. Elle dispose d'un arsenal d'images — équivalents symboliques des économies du livre de comptes — qui forcent François à prendre une mesure disproportionnée d'elle-même, l'empêchant ainsi de la jauger à sa juste valeur. La discipline stricte qu'elle s'impose, l'« empire » qu'elle exerce sur elle-même, pour ne frapper son fils qu'aux moments les plus inattendus, n'a pour seul but que de l'« impressionner davantage en établissant le plus profondément possible son emprise sur [lui] ».

Pour François, cette projection d'images prendra de plus en plus l'aspect d'un pouvoir occulte qu'il lui faudra d'abord nommer, puis dénoncer. Après avoir entendu prononcer le nom de sa mère, il le verra écrit cette fois dans les anciens livres d'étude de Claudine. L'émotion « primitive » qu'il ressent alors devant sa découverte nous sera décrite comme un véritable envoûtement. Puis, on connaît la suite : les traits de plume de la mère viendront « sceller son destin », empêchant ainsi toute divergence possible des deux existences, confondues en leur commune origine : « Perreault ».

Même au collège, espace extérieur au domaine, on ne sort jamais du « Domaine », soit de cette « économie du Salut » propre au langage de Claudine : « *profite* de ce que les autres *doivent* te donner, mais *réserve*-toi ». Cependant, un sentiment d'expectative occupe déjà depuis quelque temps la conscience de François. D'abord ressentie comme une « présence endormie », cette émotion nouvelle sera décrite par la suite comme une « richesse inconnue et redoutable » qui sourd du plus profond de lui.

Entre le mot « dépossédé » du début, et « richesse » de la fin, c'est tout le récit qui déploie l'essentiel de sa grande articulation symbolique ; la richesse de François faisant toujours contrepoids à celle du livre de comptes. Sa révélation au contact du texte littéraire, par exemple, participe justement de cette richesse qui s'éveille en lui : « j'eus l'impression que la tragédie ou le poème pourraient bien ne dépendre que de leur propre *fatalité intérieure,* condition de l'œuvre d'art ». Comme la « pensée des choses elles-mêmes » tirant le poète vers la réalisation de l'œuvre pour s'être donnée première dans sa conception même.

Le Torrent

En frappant son fils à la tête avec le trousseau de clefs, pour le punir de sa révolte, Claudine lui donne involontairement accès, par la surdité, à l'« esprit du domaine ». La terre de la mémoire s'ouvre alors au torrent comme une éclatante manifestation de la « fatalité » du domaine, où l'on trouve « de l'eau sous toutes ses formes, depuis les calmes ruisseaux *jusqu'à* l'agitation du torrent ». Sa nécessité s'imposait déjà dans sa source même depuis un temps immémorial : « le torrent prit soudain l'importance qu'il aurait toujours dû avoir dans mon existence. Ou plutôt je devins conscient de son emprise sur moi ».

Le coup de Claudine se répercutera au-delà d'elle-même, dans cet espace existentiel où elle ne pourra plus désormais le « racheter ». Alors que toute son entreprise consistait à faire l'« économie » des forces du torrent, elle n'aura réussi au contraire qu'à accroître progressivement chez François un goût frénétique pour la « dépense ».

Le monde se révèle alors dans sa gratuité parfaite : « le domaine d'eau, de montagnes et d'antres bas venait de poser sur moi sa touche souveraine ». Un échange nécessaire s'établit entre le chant intériorisé de l'eau et le spectacle des chutes, mais cette communication n'a rien d'économique. Après avoir été « dépossédé du monde », François en sera maintenant possédé.

Perceval

Ce cheval appartient aux forces obscures du monde. Noir, sauvage, indomptable, il surgit au moment où la révolte de François contre sa mère atteint son sommet. Il prête alors sa force magique, presque hallucinante, au désir de François : « cette fureur… me semblait un honneur, un *enrichissement* ».

Plus étonnante par contre cette ressemblance entre Claudine et Perceval à un certain moment du récit. Après son escapade hors du domaine vers l'âge de douze ans, le narrateur nous décrit l'attitude de sa mère : « *tout son être droit dressé* au milieu de la pièce exprimait une violence qui ne se contenait plus ». Cette image semble vouloir anticiper sur celle d'un cheval déchaîné qui viendra plus tard, comme si l'être même de Claudine en avait été secrètement l'origine.

Au cours de l'affrontement final, Claudine sera donc broyée par sa propre violence perpétuée en son fils. « Toute cette haine [...] mûre et à point, *liée* et *retenue* » de Perceval (équivalents des « économies » de Claudine) viendra comme un débit annuler un crédit. Cette « étrange alchimie » du bilan comptable nous ramène au point de départ sans qu'on ait pu racheter la faute. Pour avoir voulu s'affranchir en se servant de son fils, Claudine n'aura réussi qu'à confirmer sa « damnation éternelle ». Quant à François, « lié à une damnée », il ne pourra trouver mieux que d'utiliser à son insu — le livre de comptes ayant été découvert après la fuite d'Amica — le même modèle comptable pour assurer son propre Salut.

Amica

Il faut lire la deuxième partie de la nouvelle comme une inversion de la première. Croyant que la mort de Claudine effacerait son passé et lui permettrait de recommencer sa vie, François reprend le « trajet de son enfance » et sort à nouveau du domaine. Il s'agit pour lui de « racheter » le souvenir de sa première rencontre avec l'« homme horrible » — image d'un mal sans mesure pour l'enfant d'alors — par la substitution d'une autre plus rassurante, et dont il aurait le plein contrôle. Il lui faut prendre cette fois l'avantage de l'offensive pour éviter le « piège ».

Cette logique à ses lois ; François ne pourra pas y échapper. Le rapport de forces qui s'instaure entre lui et les « intrus » — le colporteur et Amica, rencontrés aux limites du domaine — obéit aux principes de sa mère. Le colporteur lui donne peut-être la « mesure rassurante » de sa force physique, mais c'est Amica qui lui donnera celle de sa force morale. Pour l'heure il ignore encore l'identité de cette femme : « je lui ferai part du torrent. Je l'initierai aux yeux de ma solitude ». Comment pourrait-il en être autrement puisque l'aveugle qu'il est (cf. *Oedipe-roi*) n'en a pas encore reçu l'éblouissement de ses larges yeux.

François se rend bientôt compte qu'il ne « possède » pas Amica, mais qu'il en est bel et bien possédé. Son habileté dans les caresses — « elle paraît *riche* de caresses inconnues — et le don qu'elle fait d'elle-même lui auront finalement démontré son impuissance à se donner lui-même, gratuitement et sans aucun calcul. Devant ce miroir-témoin, François sait alors que le regard de sa mère « continue » à se perpétuer au-delà de la mort.

La magie du nom « Amica » — l'amie, la compagne, la complice — n'aura pas plus d'effets que les ratures de Claudine sur son nom pour y placer celui de François. La violence morale de l'argent a déjà contaminé ce geste symbolique de la dénomination et l'espoir démesuré qui s'y associait.

Les « traces » d'Amica conduiront inéluctablement le narrateur (37 ans)[5] à l'origine de son mal pour lui en faire prendre conscience. Ironiquement, cet argent se révèle être celui-là même qu'avait pu représenter autrefois sa pauvre existence aux yeux de Claudine comme valeur d'échange pour assurer son Salut. Quant à la deuxième moitié de l'argent resté dans le secrétaire, Amica le vole, « vendant » ainsi littéralement le secret de Claudine et par ricochet celui de François, qui doit s'avouer l'échec de son propre bilan comptable.

L'économie du Salut

Voilà pourquoi la faute de François ne saurait être la mauvaise conscience d'un délit (le meurtre de sa mère). Il s'agit plutôt d'un fait de langage, à l'image d'un cercle vicieux où il se voit enfermé. La dilapidation de l'« héritage » de sa mère l'amène à constater l'« alchimie du meurtre », soit l'inutilité de la mort de sa mère puisque celle-ci se réincarne continuellement dans le langage qui le pense lui-même.

Tous les alibis seront dès lors dénoncés par François comme des « images fantastiques » qui empêchaient depuis le début de sa vie l'émergence de *son* image : « ma seule et épouvantable richesse ». En inversant la perspective au « profit » de l'extrême dénuement, c'est tout l'héritage d'un certain christianisme qu'on refuse. Non pas qu'il s'agisse ici de ce « dépouillement de soi, comme condition de l'être pur » qui a fait la « fortune » de Claudine… mais bien de cette lucidité sans mélange d'une conscience du monde qui accueille tout. François se sait maintenant responsable et libre en cela même qu'il assume sa condition de « damné ». Comme Prométhée enchaîné au Caucase, il est à jamais lié à sa mère dont le visage apparaît finalement dans le miroir.

À travers les rapports liant la mère au fils, l'époux à l'épouse, il s'agit vraisemblablement pour l'auteur de dénoncer l'échec d'une société, certes, mais surtout celui d'un certain mode de pensée qui continue à perpétuer la « faute ». Ce constat d'échec du *Salut par l'autre* semble vouloir prescrire la fin des sacrifices millénaires de l'humanité, en dévoilant l'arsenal de nos alibis. Tout le MAL est là : dans le verbe qui se fait chair et se continue dans une autre existence pour transmettre son impuissance.

À cela, l'auteur oppose une grande structure archétypale qui cherche à rendre la fin aux origines pour l'accomplir. Ainsi, par l'utilisation d'une structure en chassé-croisé (l'économie de Claudine / la richesse de François, la dépense de François / la richesse d'Amica), la composition du récit emprunte au torrent l'image d'une « lutte exaspérée des courants et remous intérieurs ». Elle nous donne le sens du torrent. Espace symbolique de la confrontation entre Jacob et l'Ange — « Ai-je combattu corps-à-corps avec l'Ange » — pour qu'il puisse apprendre à connaître le « prix du jour et de la lumière »[6], le torrent se révèle enfin comme le Lieu de l'existence dans le Langage.

D'autres nouvelles

Parmi les six autres nouvelles, les deux plus longues retiennent particulièrement l'attention. D'abord « l'Ange de Dominique », qui s'inspire directement du poème « Tête de faune » de Rimbaud, à relire au préalable pour bien goûter toutes les nuances du pastiche. « Un petit sauvage aux allures de bête et de dieu » surgit, un printemps, dans la vie d'une jeune fille et l'éblouit par les arabesques de sa danse. L'expérience du « geste pur » exigera plus tard de Dominique « son consentement profond au mystère » et la « prise de possession de son destin ».

La seconde nouvelle « Un grand mariage » demeure la plus convaincante sur le plan de la narration. Par ses thèmes et le style étoffé de son écriture, elle annonce *Kamouraska*. L'histoire se situe à Québec en 1890. Au cours d'un après-midi de désœuvrement, Augustin Berthelot, un parvenu de la bourgeoisie commerçante, revit certains moments pénibles de son « enfance abîmée ». Son mariage d'intérêt avec une fille de bonne famille, issue de la vieille aristocratie, ne semble pas lui avoir donné cette « insensibilité parfaite » et nécessaire pour échapper à son passé et à ses anciennes amours.

Par ailleurs, dans « La robe corail », une petite couturière s'affaire à tricoter son rêve amoureux qui prend forme en même temps qu'une robe de laine rose. « La maison de l'esplanade » est un récit balzacien par le ton de l'ensemble et le cadre de l'action. Stéphanie-Hortense-Sophie de Bichette, une « petite momie en robe cendre et lilas », nous est décrite comme la pierre d'assise d'une maison bourgeoise où la « réalité de la dentelle au crochet » demeure la seule admise.

Le dernier regroupement permet d'opposer deux visions du monde. « Le printemps de Catherine » nous fait connaître le personnage d'une petite servante d'auberge en révolte violente contre l'aliénation de sa condition. Le « règne de fer et de feu » amené par la guerre en France brisera les « anciens rites » et permettra à la Puce, immunisée depuis les origines, de devenir l'expression florissante d'un « printemps qui pousse dru sur le monde ». Enfin, « La mort de Stella » est une leçon de compassion, comme on en retrouve chez Dostoïevski. Une mère de famille nombreuse se meurt dans un taudis, entourée de ses trois filles. Mais, contrairement à sa mère, l'aînée refuse d'accepter l'humiliation de son existence.

Notes

1. Une étude complète de l'œuvre d'Anne Hébert est actuellement en préparation. L'auteur a déjà publié un ouvrage détaillé sur *Kamouraska* et *le Torrent* qu'on pourra consulter avantageusement : Robert Harvey, *« Kamouraska » d'Anne Hébert, Une écriture de la passion,* suivi de *Pour un nouveau « Torrent »*. Montréal, Hurtubise HMH, Cahiers du Québec n° 69, 1982, 211 p.
2. Louis-Bernard Robitaille, « Anne Hébert is alive and well and living in Paris ». Montréal, Châtelaine, décembre 1986, p. 34.
3. Brigitte Morissette, « Lointaine et proche Anne Hébert ». Montréal, Châtelaine, février 1983, p. 54.

4. André Vanasse, « L'écriture et l'ambivalence », entrevue avec Anne Hébert. Montréal, *Voix et Images,* vol. VII, n° 3, printemps 1982, p. 446. Reconnaissons ici le mérite d'André Vanasse d'avoir permis à l'auteure d'exprimer clairement et pour la première fois sa pensée sur cette question.

5. Presque toute la première moitié du texte concerne des faits vécus entre sa petite enfance et l'âge de dix-sept ans. La seconde porte sur sa rencontre avec Amica survenue peu de temps après la mort de sa mère, et il s'en fait le récit « quinze ou vingt ans » plus tard. Notre narrateur a donc environ trente-sept ans lorsque nous commençons à lire son histoire.

6. Anne Hébert, « Poésie, solitude rompue », *Poèmes*. Paris, Seuil, 1960, p. 69.

Le Torrent

J'étais un enfant dépossédé du monde. Par le décret d'une volonté antérieure à la mienne, je devais renoncer à toute possession en cette vie. Je touchais au monde par fragments, ceux-là seuls qui m'étaient immédiatement indispensables, et enlevés aussitôt leur utilité terminée ; le cahier que je devais ouvrir, pas même la table sur laquelle il se trouvait ; le coin d'étable à nettoyer, non la poule qui se perchait sur la fenêtre ; et jamais, jamais la campagne offerte par la fenêtre. Je voyais la grande main de ma mère quand elle se levait sur moi, mais je n'apercevais pas ma mère en entier, de pied en cap. J'avais seulement le sentiment de sa terrible grandeur qui me glaçait.

Je n'ai pas eu d'enfance. Je ne me souviens d'aucun loisir avant cette singulière aventure de ma surdité. Ma mère travaillait sans relâche et je participais de ma mère, tel un outil dans ses mains. Levées avec le soleil, les heures de sa journée s'emboîtaient les unes dans les autres avec une justesse qui ne laissait aucune détente possible.

En dehors des leçons qu'elle me donna jusqu'à mon entrée au collège, ma mère ne parlait pas. La parole n'entrait pas dans son ordre. Pour qu'elle dérogeât à cet ordre, il fallait que le premier j'eusse commis une transgression quelconque. C'est-à-dire que ma mère ne m'adressait la parole que pour me réprimander, avant de me punir.

Au sujet de l'étude, là encore tout était compté, calculé, sans un jour de congé, ni de vacances. L'heure des leçons terminée, un mutisme total envahissait à nouveau le visage de ma mère. Sa bouche se fermait durement, hermétiquement, comme tenue par un verrou tiré de l'intérieur.

Moi, je baissais les yeux, soulagé de n'avoir plus à suivre le fonctionnement des puissantes mâchoires et des lèvres minces qui prononçaient, en détachant chaque syllabe, les mots de «châtiment», «justice de Dieu», «damnation», «enfer», «discipline», «péché originel», et surtout cette phrase précise qui revenait comme un leitmotiv :

— Il faut se dompter jusqu'aux os. On n'a pas idée de la force mauvaise qui est en nous ! Tu m'entends, François ? Je te dompterai bien, moi…

Là, je commençais à frissonner et des larmes emplissaient mes yeux, car je savais bien ce que ma mère allait ajouter :

— François, regarde-moi dans les yeux…

Ce supplice pouvait durer longtemps. Ma mère me fixait sans merci et moi je ne parvenais pas à me décider à la regarder. Elle ajoutait en se levant :

— C'est bien, François, l'heure est finie… Mais je me souviendrai de ta mauvaise volonté, en temps et lieu…

En fait, ma mère enregistrait minutieusement chacun de mes manquements pour m'en dresser le compte, un beau jour, quand je ne m'y attendais plus. Juste au moment où je croyais m'échapper, elle fondait sur moi, implacable, n'ayant rien oublié, détaillant, jour après jour, heure après heure, les choses mêmes que je croyais les plus cachées.

Je ne distinguais pas pourquoi ma mère ne me punissait pas sur-le-champ. D'autant plus que je sentais confusément qu'elle se dominait avec peine. Dans la suite j'ai compris qu'elle agissait ainsi par discipline envers elle : « pour se dompter elle-même », et aussi certainement pour m'impressionner davantage en établissant son emprise le plus profondément possible sur moi.

Il y avait bien une autre raison que je n'ai découverte que beaucoup plus tard.

J'ai dit que ma mère s'occupait sans arrêt, soit dans la maison, soit dans l'étable ou les champs. Pour me corriger, elle attendait une trêve.

J'ai trouvé, l'autre jour, dans la remise, sur une poutre, derrière un vieux fanal, un petit calepin ayant appartenu à ma mère. L'horaire de ses journées y était soigneusement inscrit. Un certain lundi, elle devait mettre des draps à blanchir sur l'herbe ; et, je me souviens que brusquement il s'était mis à pleuvoir. En date de ce même lundi, j'ai donc vu dans son carnet que cette étrange femme avait rayé : « Blanchir les draps », et ajouté dans la marge : « Battre François ».

Nous étions toujours seuls. J'allais avoir douze ans et n'avais pas encore contemplé un visage humain, si ce n'est le reflet mouvant de mes propres traits, lorsque l'été je me penchais pour boire aux ruisseaux. Quant à ma mère, seul le bas de sa figure m'était familier. Mes yeux n'osaient monter plus haut, jusqu'aux prunelles courroucées et au large front que je connus, plus tard, atrocement ravagé.

Son menton impératif, sa bouche tourmentée, malgré l'attitude calme que le silence essayait de lui imposer, son corsage noir, cuirassé, sans nulle place tendre où pût se blottir la tête d'un enfant ; et voilà l'univers maternel dans lequel j'appris, si tôt, la dureté et le refus.

Nous demeurions à une trop grande distance du village, même pour aller à la messe. Cela ne m'empêchait pas de passer quelquefois mon dimanche presque entier à genoux sur le plancher, en punition de quelque faute. C'était là, je crois, la façon maternelle de sanctifier le jour du Seigneur, à mes dépens.

Je n'ai jamais vu ma mère prier. Mais, je soupçonnais qu'elle le faisait, parfois, enfermée dans sa chambre. Dans ce temps-là, j'étais si dépendant de ma mère que le moindre mouvement intérieur chez elle se répercutait en moi. Oh! je ne comprenais rien, bien entendu, au drame de cette femme, mais je ressentais, comme on perçoit l'orage, les sautes de son humeur la plus secrète. Or, les soirs où je croyais ma mère occupée à prier, je n'osais bouger sur ma paillasse. Le silence était lourd à mourir. J'attendais je ne sais quelle tourmente qui balaierait tout, m'entraînant avec ma mère, à jamais lié à son destin funeste.

Ce désir que j'avais augmentait de jour en jour et me pesait comme une nostalgie. Voir de près et en détail une figure humaine. Je cherchais à examiner ma mère à la dérobée; mais, presque toujours, elle se retournait vivement vers moi et je perdais courage.

Je résolus d'aller à la rencontre d'un visage d'homme, n'osant espérer un enfant et me promettant de fuir si c'était une femme. Pour cela je voulais me poster au bord de la grand-route. Il finirait bien par passer quelqu'un.

Notre maison s'élevait à l'écart de toute voie de communication, au centre d'un domaine de bois, de champs et d'eau sous toutes ses formes, depuis les calmes ruisseaux jusqu'à l'agitation du torrent.

Je traversai l'érablière et les grands champs tout en buttons durs que ma mère s'obstinait à labourer en serrant les dents, les mains attachées aux mancherons que le choc lui faisait parfois lâcher. Notre vieux cheval, Éloi, en est mort, lui.

Je ne croyais pas la route si loin. Je craignais de me perdre. Que dirait ma mère, au retour de la traite des vaches, quand elle s'apercevrait de mon absence ? D'avance je me recroquevillais sous les coups, mais je continuais de marcher. Mon désir était trop pressant, trop désespéré.

Après le petit brûlé où chaque été je venais cueillir des bleuets avec ma mère, je me trouvai face à face avec la route. Essoufflé, je m'arrêtai court, comme touché au front par une main. J'avais envie de pleurer. La route s'étendait triste, lamentable, unie au soleil, sans âme, morte. Où se trouvaient les cortèges que je m'imaginais découvrir ? Sur ce sol-là s'étaient posés des pas autres que les miens ou ceux de ma mère. Qu'étaient devenus ces pas ? Où se dirigeaient-ils ? Pas une empreinte. La route devait certainement être morte.

Je n'osais marcher dessus et je suivais le fossé. Tout à coup, je butai sur un corps étendu et fus projeté dans la vase. Je me levai, consterné, à la pensée de mes habits salis ; et je vis l'homme horrible à côté de moi. Il devait dormir là, et maintenant il s'asseyait lentement. Cloué sur place, je ne bougeais pas, m'attendant à être tué pour le moins. Je ne trouvais même pas la force de me garantir le visage avec mon bras.

L'homme était sale. Sur sa peau et ses vêtements alternaient la boue sèche et la boue fraîche. Ses cheveux longs se confondaient avec sa barbe, sa moustache et ses énormes sourcils qui lui tombaient sur les yeux. Mon Dieu, quelle face faite de poils hérissés et de taches de boue ! Je vis la bouche se montrer là-dedans, gluante, avec des dents jaunes. Je voulus fuir. L'homme me retint par le bras. Il s'agrippa à moi pour tenter de se mettre debout ce qui eut pour effet de me faire culbuter.

23

L'homme rit. Son rire était bien de lui. Aussi ignoble que lui. Encore une fois je tentai de me sauver. Il me fit asseoir sur le bord du fossé, près de lui. Je sentais son odeur fauve se mêler aux relents du marécage. Tout bas, je faisais mon acte de contrition, et je pensais à la justice de Dieu qui, pour moi, ferait suite à la terreur et au dégoût que m'inspirait cet homme. Il avait sa main malpropre et lourde sur mon épaule.

Quel âge as-tu, petit gars ?

Sans attendre ma réponse, il ajouta :

— Connais-tu des histoires ? Non, hein... Moi, j'en connais...

Il passa son bras autour de mes épaules. J'essayai de me déprendre. Il serrait plus fort, en riant. Son rire était tout près de ma joue. À ce moment, j'aperçus ma mère devant nous. Dans sa main elle tenait la maîtresse branche qui servait à faire rentrer les vaches. Ma mère m'apparut pour la première fois dans son ensemble. Grande, forte, nette, plus puissante que je ne l'avais jamais cru.

— Lâchez cet enfant !

L'homme, surpris, se leva péniblement. Il semblait fasciné par ma mère autant que je l'étais. Ma mère se retourna vers moi et, du ton sur lequel on parle à un chien, elle me cria :

— À la maison, François !

Lentement, sentant mes jambes se dérober sous moi, je repris le sentier du brûlé. L'homme parlait à ma mère. Il paraissait la connaître. Il disait de sa voix traînante :

— Si c'est pas la belle Claudine ! Te retrouver ici... T'as quitté le village à cause du petit, hein ? Un beau petit gars... oui, ben beau... Te retrouver ici... Tout le monde te pensait défunte...

— Allez-vous-en ! tonna ma mère.

— La grande Claudine, si avenante, autrefois... Fâche-toi pas...

— Je vous défends de me tutoyer, cochon !

Là, j'entendis le bruit sec d'un coup, suivi par le bruit sourd d'une chute. Je me retournai. Ma mère était debout, immense, à la lisière du bois, la trique toute frémissante à la main, l'homme étendu à ses pieds. Elle avait dû se servir du gros bout du bâton pour frapper l'homme à la tête.

La grande Claudine (c'est ainsi que mentalement je me prenais à nommer ma mère) s'assura que l'homme était vivant, ramassa ses jupes, sauta le fossé et s'engagea à nouveau dans le chemin de la maison. Je partis à courir. L'écho de mes pas affolés résonnait à mes oreilles en même temps que celui des robustes enjambées de ma mère, derrière moi.

Elle me rattrapa en arrivant près de la maison. Me traînant par le bras, elle entra dans la cuisine. Elle avait jeté le bâton. J'étais si effrayé, si moulu, et pourtant je ne pouvais m'empêcher d'éprouver un inexplicable sentiment de curiosité et d'attrait. Je croyais obscurément que ce qui allait suivre serait à la hauteur de ce qui venait de se passer. Mes sens, engourdis par une vie contrainte et monotone, se réveillaient. Je vivais une prestigieuse et terrifiante aventure.

Ma mère dit d'une voix coupante :

— C'est beau un être humain, hein, François ? Tu dois être content d'avoir enfin contemplé de près un visage. C'est ragoûtant, n'est-ce pas ?

Au comble du trouble de voir que ma mère avait pu deviner un désir que je ne lui avais jamais confié, je levai les yeux sur elle, semblable à quelqu'un qui a perdu tout contrôle de soi. Et, c'est mes yeux égarés retenus dans les siens, que se déroula tout l'entretien. J'étais paralysé, magnétisé par la grande Claudine.

— Le monde n'est pas beau, François. Il ne faut pas y toucher. Renonces-y tout de suite, généreusement. Ne t'attarde pas. Fais ce que l'on te demande, sans regarder alentour. Tu es mon fils. Tu me continues. Tu combattras l'instinct mauvais, jusqu'à la perfection…

Ses yeux lançaient des flammes. Tout son être droit, dressé au milieu de la pièce, exprimait une violence qui ne se contenait plus, et qui me figeait à la fois de peur et d'admiration. Elle répétait, la voix moins dure, comme se parlant à elle-même : « La possession de soi… la maîtrise de soi… surtout n'être jamais vaincu par soi… »

Ma mère s'arrêta. Ses longues mains étaient déjà calmes, et le calme rentra par là dans toute sa personne. Elle continua, le visage presque fermé. Seul l'éclat des yeux ne se retirait pas tout à fait, ainsi que les restes d'une fête dans une maison déserte.

— François, je retournerai au village, la tête haute. Tous s'inclineront devant moi. J'aurai vaincu ! Vaincre ! Je ne permettrai pas qu'un salaud d'ivrogne bave sur moi et touche à mon fils. Tu es mon fils. Tu combattras l'instinct mauvais, jusqu'à la perfection. Tu seras prêtre ! Le respect ! Le respect, quelle victoire sur eux tous !

Prêtre ! Cela me paraissait tellement accablant, surtout en cette journée où j'avais été si blessé dans ma pauvre attente d'un visage doux. Ma mère m'expliquait souvent : « La messe, c'est le sacrifice. Le prêtre est à la fois sacrificateur et victime, comme le Christ. Il fallait qu'il s'immolât sur l'autel, sans merci, avec l'hostie. » J'étais si petit et je n'avais jamais été heureux. J'éclatai en sanglots. Ma mère faillit se jeter sur moi, puis tourna les talons en disant, de sa voix brève :

— Pleurnichard ! Enfant sans énergie ! J'ai reçu la réponse du directeur ; tu entreras au collège, jeudi prochain, le quatre septembre. Va me chercher une brassée de petit bois que j'allume le poêle pour souper. Allons, remue-toi !

Mes livres d'étude avaient appartenu à ma mère lorsqu'elle était enfant. Ce soir-là, sous prétexte de préparer mes bagages pour le collège, je pris les livres, un par un, et regardai avec avidité le nom qui s'inscrivait en première page de chacun d'eux : « Claudine Perrault ». Claudine, la belle Claudine, la grande Claudine...

Les lettres du prénom dansaient devant mes yeux, se tordaient comme des flammes, prenant des formes fantastiques. Cela ne m'avait pas frappé auparavant que ma mère s'appelât Claudine. Et maintenant, cela me semblait étrange, cela me faisait mal. Je ne savais plus si je lisais ce nom ou si je l'entendais prononcer par une voix éraillée, celle d'un démon, tout près de moi, son souffle touchant ma joue.

Ma mère s'approcha de moi. Elle n'allégea pas l'atmosphère. Elle ne me sauva pas de mon oppression. Au contraire, sa présence donnait du poids au caractère surnaturel de cette scène. La cuisine était sombre, le seul rond de clarté projeté par la lampe tombait sur le livre que je tenais ouvert. Dans ce cercle lumineux, les mains de ma mère entrèrent en action. Elle s'empara du livre. Un instant le « Claudine » écrit en lettres hautes et volontaires capta toute la lumière, puis il disparut et je vis venir à la place, tracé de la même calligraphie altière : « François ». Un « François » en encre fraîche, accolé au « Perrault » de vieille encre. Et ainsi dans ce rayon étroit, en l'espace de quelques minutes, les mains longues jouèrent et scellèrent mon destin. Tous mes livres y passèrent. Cette phrase de ma mère me martelait la tête : « Tu es mon fils. Tu me continues ».

Ce jour extraordinaire disparu, je m'efforçai, sur l'ordre de ma mère, de le repousser de ma mémoire. Formé depuis longtemps par une règle de fer, je réussis assez bien à ne plus penser consciemment aux scènes écoulées et à accomplir mécaniquement les tâches imposées. Cependant, au fond de moi, je sentais parfois une richesse inconnue, redoutable, qui m'étonnait et me troublait par sa présence endormie.

Le résultat pratique, si l'on peut dire, de ma première rencontre avec autrui, fut de me mettre sur mes gardes et de replier à jamais en moi tout geste spontané de sympathie humaine. Ma mère enregistrait une victoire.

J'entrai au collège dans ces dispositions. L'air sauvage et renfermé, j'observais mes camarades. Je repoussais leurs avances timides ou railleuses. Bientôt le vide se fit autour du nouvel élève. Je me disais que c'était mieux ainsi, puisqu'il me fallait m'attacher nulle part en ce monde. Puis, je m'imposais des pénitences pour cette peine que je ressentais de mon isolement.

Ma mère m'écrivait : « Je ne suis pas là pour te dresser. Impose-toi, toi-même, des mortifications. Surtout, combats la mollesse, ton défaut dominant. Ne te laisse pas attendrir par le mirage de quelque amitié particulière. Tous, professeurs et élèves, ne sont là que pour un certain moment, nécessaire à ton instruction et à ta formation. Profite de ce qu'ils *doivent* te donner, mais *réserve-toi*. Ne t'abandonne à aucun prix, ou tu serais perdu. D'ailleurs, on me tient au courant de tout ce qui se passe au collège. Tu m'en rendras un compte exact aux vacances et à Dieu aussi, au jour de la justice. Ne perds pas ton temps. Pour ce qui est des récréations, je me suis entendue avec le directeur. Tu aideras le fermier, à l'étable et aux champs ».

Le travail de la ferme me connaissait et je préférais m'occuper ainsi que d'avoir à suivre mes camarades en récréation. Je ne savais ni jouer ni rire et je me sentais de trop. Quant aux professeurs, à tort ou à raison, je les considérais les alliés de ma mère. Et j'étais particulièrement sur mes gardes avec eux.

Tout au long des années de collège qui suivirent, j'étudiai. C'est-à-dire que ma mémoire enregistra des dates, des noms, des règles, des préceptes, des formules. Fidèle à l'initiation maternelle, je ne voulais retenir que les signes extérieurs des matières à étudier. Je me gardais de la vraie connaissance qui est expérience et possession. Ainsi, au sujet de Dieu, je m'accrochais de toutes mes forces de volonté aux innombrables prières récitées chaque jour, pour m'en faire un rempart contre l'ombre possible de la face nue de Dieu.

Mes notes demeuraient excellentes, et je conservais habituellement les premières places exigées par ma mère.

Je considérais la formation d'une tragédie classique ou d'une pièce de vers telle un mécanisme de principes et de recettes enchaînées par la seule volonté de l'auteur. Une ou deux fois, pourtant, la grâce m'effleura. J'eus l'aperception que la tragédie ou le poème pourraient bien ne dépendre que de leur propre fatalité intérieure, condition de l'œuvre d'art.

Ces révélations m'atteignaient douloureusement. En une seconde, je mesurais le néant de mon existence. Je pressentais le désespoir. Alors, je me raidissais. J'absorbais des pages entières de formules chimiques.

À la lecture des notes et surtout à la distribution des prix, je retrouvais la même impression de dégoût infini que je ne parvenais pas à maîtriser malgré mes efforts.

L'année de ma rhétorique, j'arrivai premier et je remportai un très grand nombre de prix. Les bras chargés de livres, les oreilles bourdonnantes des applaudissements polis des camarades pour lesquels je ne cessais pas d'être un étranger, j'allais de ma place à l'estrade et j'éprouvais une angoisse aiguë et un tel accablement que j'avais peine à avancer.

La cérémonie terminée, je m'allongeai sur mon lit, dans le dortoir bruyant du va-et-vient des élèves qui s'apprêtaient à partir pour les vacances.

Soudain, j'entrevis ce qu'aurait pu être ma vie. Un regret brutal, presque physique, m'étreignit. Je devins oppressé. Quelque chose se serrait dans ma poitrine. Je voyais s'éloigner mes camarades, un à un ou par groupes. Je les entendais rire et chanter. Moi, je ne connaissais pas la joie. Je ne pouvais pas connaître la joie. C'était plus qu'une interdiction. Ce fut d'abord un refus, cela devenait une impuissance, une stérilité. Mon cœur était amer, ravagé. J'avais dix-sept ans !

Un seul garçon restait maintenant dans le dortoir. Il paraissait avoir de la difficulté à boucler sa malle. Je fus sur le point de m'offrir à l'aider. Comme je me levais de mon lit, il demanda :

— Aide-moi donc un peu à fermer ma malle ?

Surpris, mécontent d'être devancé, j'articulai pour gagner du temps :

— Qu'est-ce que tu dis ?

Ma phrase résonna dans la salle déserte et eut pour effet de me mettre sur les dents. Ma voix brève, rauque, m'était toujours pénible, irritante à entendre.

Je m'étendis à nouveau, les lèvres serrées, pressant mon oreiller à pleines poignées. Mon compagnon répéta sa même phrase. Je fis mine de ne pas comprendre, espérant qu'il la recommencerait une troisième fois. Je comptais les secondes, pénétré du sentiment qu'il ne m'appellerait plus. Et je ne bougeais pas, éprouvant la volupté de faire ce qui est irréparable.

— Merci de ton obligeance et bonnes vacances, sacré caractère !

Puis, ce camarade que, en secret, j'avais préféré aux autres, disparut, ployant sous le poids de sa malle.

Ma mère ne venait jamais me chercher à la gare. Elle ne me guettait pas non plus à la fenêtre. Elle m'attendait à sa façon, c'est-à-dire en robe de semaine, en plein milieu d'une tâche quelconque. À mon arrivée, elle s'interrompait pour me poser les quelques questions jugées nécessaires. Ensuite, elle reprenait son ouvrage, après m'avoir assigné ma besogne jusqu'au prochain repas.

Ce jour-là, malgré la grande chaleur, je la trouvai à genoux, en train de sarcler un carré de betteraves. Elle s'assit sur ses talons, fit, d'un geste brusque, basculer son chapeau de paille en arrière de sa tête, essuya ses mains à son tablier et me dit :

— Eh bien, combien de prix ?

— Six livres, ma mère, et j'ai gagné la bourse.

— Montre !

Je lui tendis les livres, semblables à tous les livres de prix, rouges et à tranches dorées. Qu'ils me semblaient ridicules, dérisoires ! J'en avais honte, je les méprisais. Rouges, dorés, faux. Couleur de fausse gloire. Signes de ma fausse science. Signes de ma servitude.

Ma mère se leva et entra dans la maison. Elle prit son trousseau de clefs, gros nœud de ferraille où toutes les clefs du monde semblaient s'être donné rendez-vous.

— Donne l'argent !

Je mis la main à ma poche et en sortis la bourse. Elle me l'arracha presque.

— Avance donc ! Crois-tu que j'aie le temps de lambiner ! Change-toi, puis viens m'aider à finir le carré avant le souper !

Je ne bronchai pas. Je regardai ma mère et la certitude s'établissait en moi, irrémissible. Je me rendis compte que je la détestais.

Elle enferma l'argent dans le petit secrétaire.

— Je vais écrire demain au directeur pour faire ton entrée. Heureusement que tu as eu la bourse...

— Je ne retournerai pas au collège, l'année prochaine, prononçai-je si nettement que je croyais entendre la voix d'un autre. C'était la voix d'un homme.

Je vis le sang monter au visage de ma mère, couvrir son front, son cou hâlés. Pour la première fois, je la sentis chanceler, hésiter. Cela me faisait un extrême plaisir. Je répétai :

— Je ne retournerai pas au collège. Je n'irai jamais au séminaire ! Tu fais mieux de ne pas compter sur moi pour te redorer une réputation...

Ma mère bondit comme une tigresse. Très lucide, j'observais la scène. Tout en me reculant vers la porte, je ne pouvais m'empêcher de noter la force souple de cette longue femme. Son visage était tout défait, presque hideux. Je me dis que c'est probablement ainsi que la haine et la mort me défigureraient, un jour. J'entendis tinter le trousseau de clefs. Elle le brandissait de haut. J'entrevis son éclat métallique comme celui d'un éclair s'abattant sur moi. Ma mère me frappa plusieurs fois à la tête. Je perdis connaissance.

Quand je rouvris les yeux, je me trouvais seul, étendu sur le plancher. Je ressentais une douleur violente à la tête. J'étais devenu sourd.

À partir de ce jour, une fissure se fit dans ma vie opprimée. Le silence lourd de la surdité m'envahit et la disponibilité au rêve qui se montrait une sorte d'accompagnement. Aucune voix, aucun bruit extérieur n'arrivait plus jusqu'à moi. Pas plus le fracas des chutes que le cri du grillon. De cela, je demeurais sûr. Pourtant, j'entendais en moi le torrent exister, notre maison aussi et tout le domaine. Je ne possédais pas le monde, mais ceci se trouvait changé : une partie du monde me possédait. Le domaine d'eau, de montagnes et d'antres bas venait de poser sur moi sa touche souveraine.

Je me croyais défait de ma mère et je me découvrais d'autres liens avec la terre.

Mes yeux s'attachaient sur notre maison, basse, longue, et, lui faisant face, les bâtiments de même style identifié au sol austère, les chiches éclaircies des champs cultivés, le déroulement des bois au rythme heurté des montagnes sauvages tout alentour. Et sur tout ça, la présence de l'eau. Dans la fraîcheur de l'air, les espèces des plantes, le chant des grenouilles. Ruisseaux, rivière molle, étangs clairs ou figés et, tout près de la maison, bouillonnant dans un précipice de rochers : le torrent.

Le torrent prit soudain l'importance qu'il aurait toujours dû avoir dans mon existence. Ou plutôt je devins conscient de son emprise sur moi. Je me débattais contre sa domination. Il me semblait que sur mes vêtements, mes livres, les meubles, les murs, un embrun continuel montait des chutes et patinait ma vie quotidienne d'un goût d'eau indéfinissable qui me serrait le cœur. De toutes les sonorités terrestres, ma pauvre tête de sourd ne gardait que le tumulte intermittent de la cataracte battant mes tempes. Mon sang coulait selon le rythme précipité de l'eau houleuse. Lorsque je devenais à peu près calme, cela ne me faisait pas trop souffrir, cela se réduisait à un murmure lointain. Mais, les jours épouvantables où je ressassais ma révolte, je percevais le torrent si fort à l'intérieur de mon crâne, contre mon cerveau, que ma mère me frappant avec son trousseau de clefs ne m'avait pas fait plus mal.

Cette femme ne m'adressa plus un mot depuis la fameuse scène où, pour la première fois, je m'étais opposé à sa volonté. Je sentais qu'elle m'évitait. Les travaux d'été suivaient leur cours. Je m'arrangeais pour me trouver seul. Et, délaissant foin, faucheuse, légumes, fruits, mon âme se laissait gagner par l'esprit du domaine. Je restais des heures à contempler un insecte, ou l'avance de l'ombre sur les feuilles. Des journées entières aussi à évoquer certaines fois, même les plus éloignées, où ma mère m'avait maltraité. Chaque détail restait présent. Rien ne s'écoulait de ses paroles et de ses coups.

C'est vers ce temps que Perceval fit son arrivée chez nous. Ce cheval, quasi sauvage, ne se laissait pas mater par la grande Claudine qui en avait dompté bien d'autres. Il lui résistait avec une audace, une persévérance, une rouerie qui m'enchantaient. Toute noire, sans cesse les naseaux fumants, l'écume sur le corps, cette bête frémissante ressemblait à l'être de fougue et de passion que j'aurais voulu incarner. Je l'enviais. J'aurais voulu la consulter. Vivre dans l'entourage immédat de cette fureur jamais démentie me semblait un honneur, un enrichissement.

Le soir, je me relevais, une fois ma mère endormie, et j'allais me percher dans le fenil au-dessus de Perceval. Je me délectais, je m'étonnais de ne jamais percevoir la détente au paroxysme de son emportement. Était-ce par orgueil que la bête attendait mon départ pour s'endormir ? Ou ma présence immobile et cachée l'irritait-elle ? Elle ne cessait pas de souffler bruyamment, de donner des coups de sabots dans sa stalle. De mon abri je voyais la belle robe noire aux reflets bleus. Des courants électriques parcouraient son épine dorsale. Je n'avais jamais pu imaginer pareille fête. Je goûtais à la présence réelle, physique, de la passion.

Je quittais l'écurie, la tête et les oreilles battant d'un vacarme qui me rendait presque fou. Toujours ce ressac d'eau et d'orage. Je me prenais le front à deux mains et les chocs se précipitaient à une telle allure que j'avais peur de mourir. Je me promettais de ne pas rester si longtemps la prochaine fois, mais le spectacle de la colère de Perceval m'attirait à un tel point que je ne me décidais à m'éloigner que lorsque le fracas du torrent en moi me saisissait et m'interdisait toute autre attention.

Je descendais alors au bord des chutes. Je n'étais pas libre de n'y pas descendre. J'allais vers le mouvement de l'eau, je lui apportais son chant, comme si j'en étais devenu l'unique dépositaire. En échange, l'eau me montrait ses tournoiements, son écume, tels des compléments nécessaires aux coups heurtant mon front. Non une seule grande cadence entraînant toute la masse d'eau, mais le spectacle de plusieurs luttes exaspérées, de plusieurs courants et remous intérieurs se combattant férocement.

L'eau avait creusé le rocher. Je savais que l'endroit où je me trouvais avançait sur l'eau comme une terrasse. Je m'imaginais la crique au-dessous, sombre, opaque, frangée d'écume. Fausse paix, profondeur noire. Réserve d'effroi.

Des sources filtraient par endroits. Le rocher était limoneux. C'eût été facile de glisser. Quel saut de plusieurs centaines de pieds ! Quelle pâture pour le gouffre qui devait décapiter et démembrer ses proies ! Les déchiqueter...

Je reprenais le chemin de ma paillasse à même le plancher, sans m'être séparé du torrent. En m'endormant, j'ajoutais à son mugissement, déjà intégré en moi, l'image de son impétueuse fièvre. Éléments d'un songe ou d'une œuvre ? Je sentais que bientôt de l'un ou de l'autre je verrais le visage formé et monstrueux émerger de mon tourment.

Le jour de la rentrée approchait. Ma mère s'était raidie et n'attendait que le moment de faire volte-face, toute sa vigueur ramassée et accrue par cette longue et apparente démission qui n'était en réalité qu'un gain remporté sur sa vivacité. Oh ! pas une de mes minutes de paresse devant le travail ni une seule de mes flâneries au bord des chutes ou ailleurs ne lui demeuraient inconnues.

Je la devinais en pleine possession de son pouvoir. Chose étrange, les continuels échecs qu'elle rencontrait dans le dressage de Perceval ne semblaient pas l'atteindre. Elle s'élevait au-dessus de tout, sûre de son triomphe final. Cela me rapetissait. Et je savais que bientôt ce serait inutile d'essayer d'éviter la confrontation avec la gigantesque Claudine Perrault.

Je me tournai vers Perceval.

Ce soir-là, la bête était déchaînée. En entrant dans l'écurie, je fus sur le point de retourner en arrière. Le cheval se démenait si fort que je craignais qu'il ne défonçât tout. Une fois à l'abri dans le fenil, je contemplai cette rage étonnante. Le sang sur son poil se mêlait à la sueur. Il était cruellement entravé, pourtant, et cela ne l'empêchait pas de se débattre.

Je crus mon premier sentiment fait de pitié en voyant une superbe créature blessée et torturée. Je ne me rendais pas compte que cela surtout m'était insupportable de constater une haine aussi mûre et à point, liée et retenue, alors qu'en moi je sentais la mienne inférieure et lâche.

Ce démon captif, en pleine puissance, m'éblouissait. Je lui devais en hommage et en justice aussi de lui permettre d'être soi dans le monde. À quel mal voulais-je rendre la liberté ? Était-il en moi ?

Le torrent subitement gronda avec tant de force sous mon crâne que l'épouvante me saisit. Je voulus crier. Je ne pouvais plus reculer. Je me souviens d'avoir été étourdi par cette masse sonore qui me frappait à la tête.

Puis, il y a là un manque que je me harcèle à éclaircir, depuis ce temps. Et lorsque je sens l'approche possible de l'horrible lumière dans ma mémoire, je me débats et je m'accroche désespérément à l'obscurité, si troublée et menacée qu'elle soit. Cercle inhumain, cercle de mes pensées incessantes, matière de ma vie éternelle.

Le torrent me subjugua, me secoua de la tête aux pieds, me brisa dans un remous qui faillit me désarticuler.

Impression d'un abîme, d'un abîme d'espace et de temps où je fus roulé dans un vide succédant à la tempête. La limite de cet espace mort est franchie. J'ouvre les yeux sur un matin lumineux. Je suis face à face avec le matin.

Je ne vois que le ciel qui m'aveugle. Je ne puis faire un mouvement. Quelle lutte m'a donc épuisé de la sorte ? Lutte contre l'eau ? C'est impossible. Et d'ailleurs, mes vêtements sont secs. De quel gouffre suis-je le naufragé ? Je tourne ma tête avec peine. Je suis couché sur le roc, tout au bord du torrent. Je vois sa mousse qui fuse en gerbes jaunes. Se peut-il que je revienne du torrent ? Ah ! quel combat atroce m'a meurtri ! Ai-je combattu corps à corps avec l'Ange ? Je voudrais ne pas savoir. Je repousse la conscience avec des gestes déchirants.

La bête a été délivrée. Elle a pris son galop effroyable dans le monde. Malheur à qui s'est trouvé sur son passage. Oh ! je vois ma mère renversée. Je la regarde. Je mesure son envergure terrassée. Elle était immense, marquée de sang et d'empreintes incrustées.

II

Je n'ai pas de point de repère. Aucune horloge ne marque mes heures. Aucun calendrier ne compte mes années. Je suis dissous dans le temps. Règlements, discipline, entraves rigides, tout est par terre. Le nom de Dieu est sec et s'effrite. Aucun Dieu n'habita jamais ce nom pour moi. Je n'ai connu que des signes vides. J'ai porté trop longtemps mes chaînes. Elles ont eu le loisir de pousser des racines intérieures. Elles m'ont défait par le dedans. Je ne serai jamais un homme libre. J'ai voulu m'affranchir trop tard.

Je marche sur des débris. Un mort parmi les débris. L'angoisse seule me distingue des signes morts.

Il n'y a de vivant que le paysage autour de moi. Il ne s'agit pas de la contemplation aimante ou esthétique. Non, c'est plus profond, plus engagé ; je suis identifié au paysage. Livré à la nature. Je me sens devenir un arbre ou une motte de terre. La seule chose qui me sépare de l'arbre ou de la motte, c'est l'angoisse. Je suis poreux sous l'angoisse comme la terre sous la pluie.

La pluie, le vent, le trèfle, les feuilles sont devenus des éléments de ma vie. Des membres réels de mon corps. Je participe d'eux plus que de moi-même. La terreur, pourtant, est à fleur de peau. Je feins de ne pas y croire. Mais, parfois, elle me fait discerner mon bras de l'herbe qu'il fauche. Si mon bras tremble, c'est parce que la peur le fait soudain trembler. L'herbe, elle, ne dépend pas de la peur, mais seulement du vent. J'ai beau m'abandonner au vent, la peur, seule, me balance et m'agite.

Je ne suis pas encore mûr pour l'ultime fuite, l'ultime démission aux forces cosmiques. Je n'ai pas encore le droit permanent de dire à l'arbre : « Mon frère », et aux chutes : « Me voici ! »

Qu'est-ce que le présent ? Je sens sur mes mains la fraîcheur tiède, attardée, du soleil de mars. Je crois au présent. Puis, je lève les yeux, j'aperçois la porte ouverte de l'étable. Je sais le sang, là, une femme étendue et les stigmates de la mort et de la rage sur elle. C'est aussi présent à mon regard que le soleil de mars. Aussi vrai que la première vision d'il y a quinze ou vingt ans. Cette image dense me pourrit le soleil sur les mains. La touche limpide de la lumière est gâtée à jamais pour moi.

Je rentre. L'effroi seul différencie mes pas boueux de la boue du sentier menant jusqu'à la maison.

Dans le vieux pin, le plus vieux et plus haut, une corneille doit chanter son retour du sud. Je ne perçois que ses contorsions. J'ai perdu le son et le chant. La parole n'existe plus. Elle est devenue grimace muette.

Le torrent est silencieux. Du silence lourd qui précède la crue du printemps. Ma tête est silence. J'analyse des bribes. Je refais mon malheur. Je le complète. Je l'éclaire. Je le reprends là où je l'avais laissé. Mon investigation est lucide et méthodique. Elle corrobore peu à peu ce que mon imagination ou mon instinct me laissent supposer.

J'admire mon détachement qui m'étonne. Puis, tout à coup, je sens que je me dupe. Je crois être sans pitié, et j'édulcore, je bifurque pour échapper à la réalité. Je mens ! À quoi bon chercher ? À quoi bon mentir ? La vérité infuse pèse de tout son poids en moi. Elle corrompt chacun de mes gestes les plus simples. Je possède la vérité et je la reconnais à cela qu'aucun de mes gestes n'est pur.

Je n'ai pas ressenti autant de calme, depuis je ne sais plus quand... Cela m'inquiète. De quelle ampleur sera donc renforcé le prochain tumulte intérieur ? Ah ! que vient faire ce manque dans ma nuit ? Apporte-t-il une douceur ? Je ne crois pas à la douceur.

Le désir de la femme m'a rejoint dans le désert. Non, ce n'est pas une douceur. C'est impitoyable, comme tout ce qui m'atteint. Posséder et détruire le corps et l'âme d'une femme. Et voir cette femme tenir son rôle dans ma propre destruction. Aller la chercher, c'est lui donner ce droit.

Je suis parti à sa rencontre. J'ai repris le trajet de mon enfance, vers la grand-route. Ce trajet de quand j'étais innocent et que je cherchais un être fraternel, qui me fut refusé.

Après tant d'années, de nouveau je remonte à la surface de ma solitude. J'émerge du fond d'un étang opaque. Je guette l'appât. Aujourd'hui, je sais que c'est un piège. Mais, moi aussi, je le briserai et j'aurai goûté à la chair fraîche en pâture.

Le bric-à-brac des colporteurs est installé sur ma terre, au bord de la route. Il y a là deux personnages sans forme, drapés, encapuchonnés, debout, tels des arbres gris. Leurs mains colorées, élevées vers un petit feu de branchages. Leurs mains immobiles dans l'air au-dessus du feu, ainsi que pour bénir le feu sans fin.

Je sens mes muscles durs et le souffle robuste de ma poitrine. Je vais, enfin, pouvoir mesurer ma force en chassant ces intrus ! D'un coup d'œil je constate qu'ils ont coupé du petit bois. Ils campent chez moi ! Ils me voient venir et ne bougent pas, semblables à des dolmens impassibles ! Ô ma colère, assemble tes puissances certaines !

J'interpelle ces gens. Aucune réaction quelconque de leur part. Depuis le temps que je n'ai adressé la parole à qui que ce soit, si je ne savais plus parler ? Je crie, je hurle. Je ne sais quels mots s'échappent de mon gosier. Correspondent-ils à ma pensée ? Je ne sais. En tout cas, j'ai atteint les dolmens. Il y a du remous sous les mantes. Les mains laissent le feu. Une des deux ombres s'approche de moi. C'est un homme assez mûr, grisonnant, l'air chafouin. Son accoutrement bizarre et faussement solennel le ridiculise assez bien.

Mes poings sont tendus. L'homme se confond en révérences. Il parle sans arrêt. Mais son babillage se trouve perdu pour moi. Je l'étends à terre d'un seul coup. Il est parti au bout de mon bras comme une balle. Je ris. Mon rire doit avoir un son. Je ne le connais pas.

L'homme se relève, sa cape maculée de boue et de neige fondante. Il multiplie les saluts et les protestations d'excuses. Il paraît me proposer sa marchandise, en réparation. Il ramasse dans sa voiturette une brassée de colliers, de chapelets, d'almanachs, de couteaux, etc. Il me met cette charge dans les bras, accompagnant son geste d'une mimique affligée, plus à la vérité par sa joue qui saigne, que par le regret. Toute cette mise en scène équivaut pour moi à une phrase claire, à peu près du genre de celle-ci : « Choisis ! Prends tout ce que tu voudras, mais ne me touche plus, de grâce ! Je vais quitter ta propriété aussitôt que possible… Laisse-moi seulement réunir mes affaires… »

Je dépose à terre tous les objets disparates et ne conserve qu'un collier de verroterie qui me plaît par sa vulgarité naïve. Je regarde l'homme. Il me fait signe de conserver le bijou. Heureux de s'en tirer à si bon compte, il sourirait, si ce n'était de sa joue qui le force à se pincer les lèvres. Je lui offre de l'argent, il refuse en secouant la tête, d'un air rembruni.

J'avance toujours. Je suis tout à côté de la seconde ombre accroupie près du feu, le capuchon sur les yeux. Je soulève cette ombre jusqu'à moi, solidement par les épaules. C'est une femme. Elle rit. Son visage est levé vers moi. Je perds de mon assurance. Je m'éloigne un peu. Elle rit. L'homme aussi essaie de sourire. Ils ont l'air de se moquer de moi. En guise de riposte, je me rapproche de la femme, si près qu'elle me respire dans le cou. Je lui arrache son manteau. Je voudrais lui déchirer tous ces oripeaux qui la couvrent, à la façon dont je sais décortiquer un bouleau blanc. Elle ne tente pas de s'écarter de moi… Elle me souffle toujours dans le cou. Elle rit dans mon cou. Ses dents éblouissantes me narguent. Je sens son cœur battre, à peine essoufflé par ce rire que je n'entends pas. Elle tient ses bras levés en arc, au-dessus de sa tête, les mains sur sa nuque, semblant cacher quelque chose.

Ai-je vraiment parlé, ou me suis-je simplement fait cette réflexion en moi-même ? Je voulais savoir ce qu'elle dissimulait ainsi. Sans se retirer de moi, elle enlève le fichu branlant que ses mains renouaient sur les lourds cheveux. Ils s'échappent, libres, sur ses épaules. Je recule. Ils sont noirs et très longs. Une masse de cheveux presque bleus. Je recule encore. C'est elle qui marche sur moi. Ses yeux sont pers. Ses noirs sourcils, placés haut, soulignent l'enchassement parfait des prunelles.

Je fais volte-face et je crie au bonhomme qui a suivi la scène, la mine ennuyée :

— C'est ta fille ?

Il hausse les épaules.

Par gestes et paroles, j'explique que seule la fille me tente dans tout le bazar et que, si le marchand ne consent pas à me la céder, je lui casse la figure. Elle rit plus doux, tout contre moi. Je sens la chaleur de son haleine sur ma poitrine. Elle a baissé un peu la tête. Je respire son odeur.

L'homme paraît consterné. Je lui jette des poignées d'argent. (Je ne comprends pas que j'aie tout cet argent dans les poches.) L'homme recueille les billets et les pièces, de-ci de-là, par petits bonds affolés. Il roule des yeux extasiés. Il me remercie jusqu'à terre.

Puis je mets fin aux démonstrations du vagabond, en lui signifiant d'éteindre le feu et de déguerpir avec ses nippes. Il s'affaire. Maintenant que tout est empilé dans la voiturette à bras, l'homme hésite. La femme va vers son comparse et lui parle. Il écoute en branlant la tête. Puis, elle revient à moi. À son attitude, je comprends que j'ai gagné ma proie.

Le rôle de la solitude est renversé. Elle pèse à présent sur les épaules du colporteur. Je forme un couple avec ma compagne. L'homme seul reprend le large. Et ce n'est pas moi.

La femme a remis son espèce de burnous après avoir été chercher un petit paquet de linge dans la charrette. Son visage est fermé. Je remarque sa bouche au repos ; épanouie et charnue, elle remplace la saveur de son rire sans l'effacer en moi.

Et voilà que je lui donne un nom. Moi, l'homme sauvage, je sens monter à mes lèvres un nom de femme, tel un don à offrir. Moi, qui n'ai jamais rien reçu, je goûte à ce miracle du premier don. Je l'appelle Amica. Elle a probablement un autre prénom, mais en aucun temps je ne l'entendrai prononcer, et celui-là je viens de l'entendre pour la première fois. Je l'ai entendu s'assembler en moi

42

et jaillir hors de moi pour qu'elle le prenne. Elle l'a pris, car elle est devenue mienne et j'ai acquis le droit de la désigner.

J'ai attendu longtemps après que l'homme fut disparu sur la route, cahin-caha, poussant sa voiture. Ensuite, j'ai fait faire à Amica un lot de détours dans la montagne, afin de brouiller à jamais dans sa mémoire le chemin conduisant à mon domaine.

J'imagine qu'elle me pose toutes sortes de questions, comme : « Où me mènes-tu ? » « C'est loin, encore ? » « Tu me garderas longtemps ? » « Je te plais, tant que ça ? » « C'est pour moi le collier ? »

Rien. Elle n'ouvre pas la bouche qui a pris une moue boudeuse.

Elle marche à mes côtés, à nouveau enfouie sous son capuchon. Ses yeux veillent. Parfois, elle me jette un regard perçant qui rompt son expression passive et me fait tressaillir. Trop tard. Je suis déjà lié. Je ne m'éveille pas d'une illusion ; au contraire, dès que j'ai vu cette femme, ce qui m'a attiré plus que tout autre chose en elle, c'est justement ce je ne sais quoi de sournois et de mauvais dans l'œil.

J'avance toujours. Je ne rebrousse pas chemin. J'irai jusqu'au bout, jusqu'à la plénitude de ce mal qui m'appartient bien en propre, à présent, et que j'ignorais encore ce matin. Et puis, je vais me repaître de sa figure quand nous serons en vue de la maison et du torrent. Quand elle se rendra compte que des milles et des milles nous séparent de tout voisin. Je lui ferai part du torrent. Je l'initierai aux yeux de ma solitude. Elle verra que je suis le plus à craindre des deux et frissonnera… Je la sentirai frissonner contre moi. Mes mains sur sa gorge. Ses yeux suppliants…

J'observe, j'épie sa physionomie. Pour la deuxième fois, j'ai rabattu son capulet sans qu'elle proteste ni ne sorte de son apparente apathie. Nous entrons dans la mai-

43

son. J'ai refermé la porte sur nous. Pas un muscle de son visage ne bouge. La maison est sinistre, pourtant. Sale, sombre, elle garde la forme et l'odeur de la morte et du terrible vivant que je suis. Aucun recul, aucune inquiétude ; Amica, impassible, apparaît en ma demeure, pénètre en mon drame.

Amica est le diable. Je convie le diable chez moi.

En riant beaucoup, elle met ses bras autour de mon cou. Ses beaux bras fermes me semblent malsains, destinés à je ne sais quel rôle précis dans ma perte. Je résiste à leur enchantement. (Quels reptiles frais m'ont enlacé ?) J'arrache brusquement de ma nuque les bras qui s'obstinent. Leur résistance me plaît. Je les tords. Cela me fait du bien, mais ne me rassure pas. L'emploi de ma force physique indique trop bien la défection de ma puissance spirituelle. La brutalité est le recours de ceux qui n'ont plus de pouvoir intérieur.

Je sors. Une bouffée d'air humide sur mon front. Déjà, je n'ai plus qu'un désir. Rentrer, retrouver l'enchaînement des bras d'Amica. L'air du soir n'est rien. Je connais, maintenant, une autre fraîcheur, un autre trouble.

Quand j'ouvre la porte, je la trouve debout, au fond de la pièce, en train de couper du pain. Je jette ma brassée de bois à terre ; et, immobile, sans quitter le seuil, je lui crie :

— Bonjour, ma femme !

Le repas, l'un en face de l'autre. La flamme de la lampe plus claire, puisqu'elle a lavé le globe. Son châle sur une chaise, sa mante pendue à un clou. Quel est ce ménage paisible que j'aperçois à côté de moi ? Car en moi rien ne paraît plus pénétrer. Je vois un inconnu qui mange en face d'une femme inconnue. Ils sont aussi secrets l'un que l'autre. Non, je n'ai pas habité ce lieu ni cet homme.

Voici que j'accueille en mon lit la femme et l'homme qui l'accompagne.

sous ma paupière fermée. Il pèse sur mon sommeil, de tout son poids étrange. C'est lui qui me réveille, à force de concentration. Cela ressemble presque à de l'hypnotisme. À quoi veut-elle en venir ? Espère-t-elle me posséder en mon intégrité ? Je la tuerai, avant.

Une fois, ne pouvant plus soutenir cette exaspérante insistance, j'ai voulu frapper Amica. D'un bond, elle a sauté à terre. Ce bond élastique a été pour moi une telle révélation que je n'ai plus pensé à courir après Amica. Le malaise poignant que me donnaient les yeux trop grands ouverts attachés sur moi est complété par l'impression de la chute souple. Cela me rappelle un certain chat.

Ma mère ne voulait pas garder de chat. Probablement parce qu'elle savait qu'aucun d'eux ne se plierait jamais à la servitude. Elle n'acceptait que des bêtes qu'on peut tenir en main et faire ramper, tremblantes, à ses pieds. (Ah ! Perceval, qui étiez-vous donc ?) Je n'ai pas vu de chat ici, si ce n'est les derniers jours de la vie de ma mère. Un chat rôda alors aux environs. Il ne se montrait, chose extraordinaire, que lorsque j'étais seul. Je me souviens d'avoir été troublé, irrité, par la sensation que l'animal me guettait de ses pupilles dilatées. Il semblait suivre en moi la formation latente d'un dessein qui m'échappait, et dont lui seul pénétrait le dénouement inévitable.

La dernière fois que j'aperçus le chat, c'était quand je mesurais ma mère ravagée. La bête consciente et hors d'atteinte, *continuait* sur moi son fixe regard d'éternité. Quelqu'un m'a donc surpris ? Quelqu'un m'a donc contemplé, sans interruption ni nuit ? Quelqu'un m'a donc connu, au moment même où moi je ne possédais plus de regard sur moi ?

Amica a les mêmes yeux que ce chat. Deux grands disques en apparence immobiles, mais qui palpitent comme la flamme. Elle m'examine quand je dors. Elle me regarde quand je ne me vois plus. Elle peut découvrir dans mes songes les gestes de mon absence, ces gestes enfouis dans les régions les plus obscures de mon être et que le sommeil ressasse à loisir, afin de laisser au matin ce relent amer, juste de quoi nourrir le tourment du jour.

Dans la suite, je n'ai pas revu le chat. J'avais souvent une singulière impression à son sujet. Il me semblait que la bête maléfique était disparue en moi. Elle savait tout et elle existait en moi, pesant du poids entier de sa certitude.

Et, aujourd'hui, de trouver ainsi cette femme aux yeux si étonnamment semblables, rivés sur moi, je crois voir mon témoin surgir au jour. Mon témoin occulte émerger dans ma conscience, en face de moi, bien au clair. Il me torture ! Il veut que j'avoue ! Qu'est venue faire ici cette sorcière ? Je ne veux pas qu'elle me regarde ! Je ne veux pas qu'elle me questionne ! Je sais bien que je ne pourrai jamais m'en débarrasser. Une créature m'a connu à l'instant de la fuite de Perceval. Ce témoin maintenant m'interroge, directement, du dehors de moi, séparé de moi, sans connivence, comme un juge. Il me poursuit dans mon refuge le plus secret, là où fut sa propre demeure. Il viole plus profondément que ma conscience. Je ne sais rien ! Je ne sais rien ! Si ce chat sait, lui, il n'est pas de moi. Non ! Non ! Ne souris pas, Amica. Il n'est pas de moi. Moi, je ne sais rien.

Ses jupes et châles la drapent et ne semblent retenus que par les agrafes mouvantes de ses mains, plus ou moins serrées, selon les caprices de sa démarche vive ou nonchalante. Un réseau de plis glissant de ses mains et renaissant plus loin en ondes pressées. Jeux des plis et des mains. Nœud de plis sur la poitrine en une seule main. Scintillement de soie trop tendue sur les épaules. Équilibre rompu, recréé ailleurs. Glissement de soie, épaule nue, dévoilement des bras. Doigts si bruns sur la jupe rouge. La jupe est relevée à poignées, prestement, pour monter l'escalier. Les chevilles sont fines, les jambes parfaites. Un genou saillit. Tout est disparu. La jupe balaie le plancher, les mains sont libres et le corsage ne tient plus.

Ce matin, Amica avait aligné sur la table les quelques cuillers, fourchettes et couteaux que je possède. Elle paraissait réfléchir en les contemplant. Quand elle m'a aperçu, elle m'a parlé avec animation en me désignant avec force gestes les pauvres couverts. Je ne comprenais absolument rien à ce qu'elle pouvait vouloir dire. Alors, pour la première fois, elle m'a griffonné quelque chose sur un bout de papier : « C'est en argent ? »

Je n'ai pu m'empêcher d'éclater de rire, et j'ai écrit à la suite sur le papier : « Mais non, grosse dinde ! »

Amica s'est mordu les lèvres, l'air dépitée et furieuse.

C'est singulier, tout de même. Pourquoi voulait-elle tant savoir si mes couverts sont d'argent ?

Amica a une drôle de façon de faire le ménage. Elle peut frotter, fureter plutôt, pendant des heures dans la même armoire, le même coin, tandis qu'il y a certaines besognes qu'elle n'entreprend jamais. Par exemple, miner le poêle, récurer les casseroles. Je la surveille et je crois qu'elle cherche quelque chose. Qu'est-elle venue faire ici ? S'il n'y avait aucun hasard dans notre rencontre ? Si, au contraire, elle m'attendait exprès pour venir enquêter sur la morte et le vivant d'ici ? Pourquoi suis-je donc allé au-devant de cette femme ? Je ne vois aucune issue pour m'en défaire, à présent. Si je mesurais sa capacité de souffrir avec la mienne ? Non, il faut que je la ménage. J'ai trop peur qu'elle s'en aille avec mon secret, pendant que je dors. Il faudrait ne plus dormir. Veiller. Veiller sur soi. C'est cela qui est implacable, à la longue. Je ne fais que veiller sur moi, que vivre en moi. Les seules voix qui me parviennent sont intérieures. Aucune bouche ne les traduit, aucun intermédiaire n'y met des formes. Elles m'atteignent, aiguës comme des flèches. Je suis plongé au centre de moi-même, sans rémission. Après une enfance suppliciée par la stricte défense de la connaissance intime, profonde, tout d'un coup, j'ai été en face du gouffre intérieur de l'homme. Je m'y suis abîmé. De mon vivant, je goûte au jugement dernier : cette confrontation réelle avec soi. C'est trop pour les forces humaines. Je brûle. Oh ! je ne suis pas toujours lucide. Ma tête malade déforme les voix. Mais il me suffit de savoir qu'elles parlent et qu'elles m'accusent. Je m'accuse moi-même. Parfois, il me vient une pensée qui pourrait être un allégement, une grâce, si je pouvais croire à l'apaisement et si la grâce ne m'était pas refusée. Tout homme porte en soi un crime inconnu qui suinte et qu'il expie.

Quand j'étais petit, je m'endormais, abruti de travail et de crainte. Il m'arrivait alors, parfois, de sentir, un instant, une présence qui était une espèce de consolation, supérieure à tout ce que j'ai souffert. Je n'osais m'abandonner à cette douceur, appelée tentation de mollesse par ma mère. Je me raidissais, conscient de tuer peut-être un ange en me récusant. Pour me raisonner, je me disais que ce ne pouvait être qu'un mauvais ange, car les bons font la police de Dieu et punissent les petits enfants trop tendres.

L'expérience de Dieu m'était défendue, et l'on voulait faire un prêtre de moi ! Très tôt, je fus détourné de la saveur possible de Dieu.

Si la grâce existe, je l'ai perdue. Je l'ai repoussée. Ou plutôt, c'est plus profond que cela : quelqu'un d'avant moi et dont je suis le prolongement a refusé la grâce pour moi. Ô ma mère, que je vous hais ! et je n'ai pas encore tout exploré le champ de votre dévastation en moi. Une phrase hante mes nuits : « Tu es mon fils, tu me continues ». Je suis lié à une damnée. J'ai participé à sa damnation, comme elle, à la mienne… Non ! Non, je ne suis responsable de rien ! Je ne suis pas libre ! Puisque je vous répète que je ne suis pas libre ! Que je n'ai jamais été libre ! Ah ! qui me frappe avec cet acharnement ? Le torrent bondit dans ma tête ! Et je ne suis pas seul ! Cette fille que j'ai cueillie sur la route est devant moi, m'observe et m'épie, il ne faut pas qu'elle me voie en cet état. Je suis tiré près des chutes. Il est nécessaire que je regarde mon image intérieure. Je me penche sur le gouffre bouillonnant. Je suis penché sur moi.

Combien d'heures ont passé ? Quel instinct me fait remonter la rive escarpée ? Instinct du terrier qui ramène les bêtes blessées ? Si je reviens, c'est que le torrent n'est pas encore ma demeure absolue. La maison de mon enfance agit encore sur moi, et peut-être aussi Amica…

Je ne suis pas complètement préparé pour l'intégration définitive à la furie des chutes ni pour le plus profond abîme en moi-même. Je m'échappe encore. Le dénouement, la fuite extrême en soi, en mon désespoir, reste en suspens. Pour combien d'heures ? De jours ? Le consentement à mon destin ne dépend pas de ma volonté. La prochaine crise l'emportera.

Les sources du rocher coulent renforcées par les pluies récentes. Je marche dans l'eau. Je suis si faible que je me trouve obligé de m'arrêter à chaque pas.

Je bois à la pompe. Je m'asperge la tête d'eau. Amica n'est pas là. Je me couche tout habillé, la tête brisée. Cela ne m'inquiète pas encore (je pense si lentement) de ne pas la voir rentrée. D'habitude, je ne la perds pas de vue. D'ailleurs, elle ne s'éloigne jamais. Que fait-elle donc ? Pourtant, c'est le soir. Je lui ai déjà parlé des loups dans la montagne.

Amica est de retour. Je suis trop las pour l'interroger. Elle est plus lourde et caressante que d'ordinaire. Elle paraît riche de caresses inconnues. Elle atteint la forme de sa plénitude. Je voudrais éloigner cette fille repue. Qu'ai-je à être si difficile ? Quelle compagne faut-il donc à mon humiliation ?

Elle pose ses mains sur mon front. Je ne puis m'empêcher de jouir de ses mains douces contre ma brûlure. Tout à coup la panique s'empare de moi, à une certaine révélation que j'ai. Je ne croyais pas avoir ouvert la bouche, mais seulement désiré mentalement avoir de l'eau. Amica fait signe que oui et m'aide à boire comme un enfant, en soulevant ma tête. Je dois rouler des yeux stupéfiés sur elle. Elle rit.

Je possède donc la certitude que je ne conserve aucune maîtrise sur ma voix. Je ne sais si je parle haut ou si je continue mon monologue intérieur. Amica peut lire mes pensées. Mon cerveau est à découvert devant elle. Je n'avais pas imaginé ce comble à mon horreur ! Je suis livré à cette vaurienne ! Je me mords les lèvres, afin de ne plus laisser échapper aucune parole. Elle rit.

Je n'ai pas la force de me lever. Je m'épuise en vains efforts. La tête m'éclate. Je voudrais chasser Amica. Depuis son arrivée, elle a dû me surprendre ainsi bien des fois. Que sait-elle au juste ? Elle me donne à boire. Je respire une odeur insolite sur sa peau. Une odeur étrangère qui m'outrage. Puis, je crois reconnaître un arôme particulier, déjà senti, composé de cuir humain pas très jeune, de tabac, de paperasses et d'encre… Cela me fait penser au chef de police, à l'interrogatoire qu'il me fit subir après la mort de ma mère ! Je pousse un cri dont je ne me rends compte qu'à une contraction de ma poitrine et surtout au saut que fait Amica qui s'est levée toute droite. Elle est pâle. Son châle a roulé à terre, découvrant ses épaules et ses bras. Je voudrais déchirer de mes dents, de mes ongles, sa chair offerte.

Je n'ai plus d'abri intérieur. Le sacrilège est commis. Le sac de mon être le plus secret est accompli. Je suis nu, dehors, devant cette fille en pillage pour le compte de la police. Elle en saura même plus long qu'il n'est nécessaire à un rapport judiciaire. Elle pénétrera mon tourment.

La fièvre est sur moi. Si je parle en mon délire, je ne m'entends pas. Et, elle, elle remplace mon ouïe perdue. Elle usurpe mon rôle d'auditeur premier. Je communique avec elle au lieu d'avec moi. Mon âme est violée. On m'avait dit que Dieu seul avait ce pouvoir et ce droit. L'arrêt suprême sera prononcé par une drôlesse. En ce moment, je voudrais croire en Dieu, en sa droiture terrible et sa parfaite grandeur. Que lui me confesse et m'absorbe en ma vérité. Pas cette fille ! Pas cette misérable nullité ! Le diable est donc bien puissant ! Et je suis son complice.

Je sens le printemps humide qui monte par la fenêtre. L'odeur des chutes est dans le printemps. J'ai l'odorat d'un chien. Depuis ma surdité, ce sens s'est développé, accru d'une singulière façon. Mon flair d'animal traqué m'a fait craindre la touche de la police sur Amica. Mais, si je m'étais trompé ? Il n'y a pas de senteur d'encre et de papier… Ah ! je crois que c'est plutôt le goût rance du colporteur !

Amica me borde comme un enfant au berceau. Je me débats. Elle rit. Qu'est-ce que je donnerais pour entendre le son de son rire ! Je n'en connais que cette grimace de plus en plus sauvage.

Amica me quitte. Elle est en bas. Elle doit fouiller partout. Le champ est libre. Elle a beau jeu. Elle veut les preuves matérielles du crime. Depuis peut-être vingt ans que je cherche, moi, sera-t-elle mieux servie ? Il y a bien certains recoins prohibés par moi dans la maison. Dans l'étable, une certaine stalle, un certain endroit dans le foin poussiéreux, vieux de vingt ans. Une certaine lourdeur à ma mémoire morte où sont apposés les scellés… Pour Amica, rien d'interdit ; elle ira partout, au plus épais d'une épouvante mal jointe…

J'ai devant les yeux le verdict du coroner : « Mort accidentelle ». Qu'a donc cette fille à perquisitionner ici ? Il n'y a rien à apprendre. Le marchand ambulant ne saura rien. Il ne pourra répéter quoi que ce soit à la police. Ni Amica non plus.

La fièvre me glace et me consume. Que fait Amica ? Que découvrira-t-elle ? Se peut-il qu'elle trouve quelque chose ? Je n'ai pas le pouvoir physique de me lever. Quand elle remontera, je l'étranglerai. Ou plutôt, j'attendrai le retour complet de ma vigueur et je jetterai l'espionne dans l'eau. Un instant, mes bras la balanceront au-dessus du précipice. Elle se débattra. Je ne goûterai pas à ses cris, mais seulement à ses convulsions de terreur. Puis, Amica sera décapitée et démembrée. Ses débris bondiront sur les rochers. Non ! Non ! Je ne veux pas de sa tête tranchée, sur ma poitrine ! Rien ! Rien d'elle ! Et ses longs cheveux bleus autour de mon cou. Il m'étouffent.

J'ai dû dormir. C'est le matin. Amica n'est pas revenue. Elle a fui. Je suis sûr qu'elle a fui. C'est donc signe qu'elle a mis la main sur ce qu'elle cherchait ? Quel indice ? Dans quel tiroir ? Dans quel coffre ? Oh ! le plancher brut de l'étable qui absorbe le sang noir !

La montagne doit être cernée. Les policiers et leurs chiens-loups me guettent. Amica m'a vendu. Elle me rend bien la pareille, la marchandise que j'ai payée argent comptant au colporteur. Je suis vendu à mon tour. Par elle et par moi. En savais-je le prix ? Le prix de ma guenille en tourment ? Quel surcroît de douleur ? Je ne perçois pas de stabilisation. Bientôt, je ne serai plus qu'une torche.

Comment ai-je pu me lever ? Je me traîne jusqu'au rez-de-chaussée. Tout est en désordre, les armoires ouvertes et bouleversées. La porte de la chambre de ma mère a été forcée ! Je m'arrête, saisi par la présence que les plus pauvres objets, pêle-mêle, accusent si fortement. Tout ce que ma mère a touché garde sa forme et se lève contre moi.

La serrure du petit secrétaire a été fracturée. La dernière et unique fois que j'ai osé ouvrir ce meuble c'était le jour de l'acquisition d'Amica. C'est là que j'ai pris la somme qu'elle m'a coûté. Dans mon impatience de me mettre en route, je ne prêtai alors aucune attention à une certaine enveloppe cachetée que je brisai après l'avoir tâtée. Un détail, pourtant, reste précis dans ma mémoire. Après avoir empli mes poches, je suis sûr d'avoir replacé l'enveloppe à moitié pleine dans le grand livre de comptes de ma mère, là d'où je l'avais retirée.

Le livre de comptes est ouvert. Je le feuillette. Aucune trace d'enveloppe. Je ne sais comment expliquer quelle curiosité m'attache à parcourir ces pages. J'y mets un soin, une minutie, une sorte d'avidité qui me déchire. Je constate que tous les efforts de comptabilité (parfois inouïs) de ma mère semblent tendre à l'extinction d'une dette. À la dernière page, je lis cette dernière phrase tracée par la haute écriture : « Soldé l'argent du mal ».

Je me baisse et ramasse par terre l'enveloppe vide et déchirée. Je reconstitue les mêmes mots que sur le cahier : « Argent du mal » ; et, en caractères plus petits : « À brûler ce soir ». Suit la date même de la mort de ma mère.

Voilà ce qu'a fait Amica. Elle s'est sauvée avec l'argent du mal ! Elle ira dans le monde, répétant qu'elle l'a trouvé ici, que je suis le fils du mal, le fils de la grande Claudine. L'univers saura que le mal m'a choisi dès le premier souffle de mon existence.

À quoi me faut-il encore renoncer ? Serait-ce à moi-même, à mon propre drame ? Je n'ai jamais pensé au dépouillement de soi comme condition de l'être pur. D'ailleurs, je ne puis pas être pur. Je ne serai jamais pur. Je me rends à ma fin. Je m'absorbe et je suis néant. Je ne puis imaginer ma fin en dehors de moi. Là est peut-être mon erreur. Qui m'enseignera l'issue possible. Je suis seul, seul en moi.

Je marche. Je puis faire un pas en arrière, un pas en avant. Qui donc a dit que je n'étais pas libre? Je suis faible, mais je marche. Je vois le torrent, mais je l'entends à peine. Ah! je n'aurais pas cru à une telle lucidité! Je joue, éveillé, avec les éléments d'une fièvre qui s'apaise. L'eau est noire, toute en tourbillons, et l'écume crache jaune. Je vois la tête d'Amica au-dessus des flots. Cette tête dont je ne sais plus que faire! Pourquoi demeure-t-elle en moi? Tout vit en moi. Je me refuse absolument à sortir de moi. Sa chevelure se prend dans le vent comme un voile de ténèbres. Elle se mêle avec l'eau en un long enroulement, plein de fracas noir et bleu, bordé de blanc. Les cheveux coulent en crochets jusqu'à moi. Ils sentent l'eau douce des chutes et ce parfum unique d'Amica. Sa tête arrachée, non, je n'en veux pas! Elle tournoie comme une balle! Ah! qui veut l'acheter? Moi, j'ai déjà trop mis dessus!

Je suis fatigué de regarder l'eau et d'y cueillir des images fantastiques. Je me penche tant que je peux. Je suis dans l'embrun. Mes lèvres goûtent l'eau fade.

La maison, la longue et dure maison, née du sol, se dilue aussi en moi. Je la vois se déformer dans les remous. La chambre de ma mère est renversée. Tous les objets de sa vie se répandent dans l'eau. Ils sont pauvres! Ah! je vois un miroir d'argent qu'on lui a donné! Son visage est dedans qui me contemple: «François, regarde-moi dans les yeux».

Je me penche tant que je peux. Je veux voir le gouffre, le plus près possible. Je veux me perdre en mon aventure, ma seule et épouvantable richesse.

(Hiver-printemps 1945)

L'Ange de Dominique

Ce conte est un poème
dédié aux dieux du Rêve et de la Danse.
Ô être délivré
par un pas libre et parfait,
un pas de danse!

Entre la falaise et la mer, la ville minuscule est tapie contre le roc. On la dit à l'abri du vent ; mais, par-dessus la ville, le vent emmêle ses courants, et le vent de la mer rejoint celui de la falaise : c'est une petite ville sise sous une fontaine de vent. Tout y paraît paisible et rangé, et le vent, comme un nuage dominant les toits, glisse, court et fait mille figures mystérieuses, pareilles à des présages.

Les maisons s'échelonnent, face à l'océan. Les dernières ont des allures villageoises ; elles sont de bois : des roses, des vertes, des jaunes, chacune avec une galerie où, parmi les pots de quatre-saisons, les chaises berçantes attendent les flâneurs du dimanche.

La maison la plus lointaine, celle qui oppose au monde un flanc seul et non défendu par une habitation voisine, est enfouie dans une sorte d'étui de verdure ; étui étanche, fait de lilas serrés et, plus haut, d'un rideau de peupliers. Cette maison recèle dans son antre ombreux et frais une cour pavée de pierres des champs, cimentées d'herbes et de pissenlits. La cour, que baigne une lumière verte à travers tant de feuillages et que termine au fond le rocher abrupt, paraît inaccessible, ailleurs que par la maison elle-même.

Cette adolescente qui lit, étendue sur une chaise longue, cette adolescente au cœur de la cour secrète et verte, par où la surprendrons-nous ?

Le livre recouvert de toile cirée noire, les doigts longs et les manières posées de la liseuse s'unissent en un seul accord. Aucune impatience ni maladresse ne font pressentir que le lien n'est pas définitif entre le livre de toile noire et les longs doigts.

Elle s'appelle Dominique, un nom grave et monacal, qu'elle porte un peu en couronne comme son air sage et ses cheveux relevés.

Dominique a cessé de lire. Depuis un instant elle suit des yeux la descente vertigineuse d'un garçon, à même le rocher. L'attitude du gamin est si légère, si sûre que Dominique ne s'attache qu'à la courbe du mouvement présent, sans seulement penser que l'audacieux risque à chaque instant de se rompre les os.

Le voici dans la cour ! Dominique ne se sent pas délivrée d'une inquiétude, mais désemparée comme après un spectacle interrompu, brusquement, au cours de la séduction.

— Bonjour !

Il est insolite, troublant, on dirait qu'il tombe des nuages, et puis il nous dit bonjour comme s'il ne nous avait jamais quittés…

— Que fais-tu ici ?

— Je ne sais pas. Quand je suis parti (il désigne le sommet du cap) je ne savais pas où j'allais ! Maintenant, je vois que je suis ici… Mais je ne sais pas quand je vais m'en aller… Il faudrait un autre chemin !

Dominique essaie de rire pour cacher son air décontenancé.

— Celui-ci est un peu malaisé ?

— Ce n'est pas ça ! C'est parce que je le connais à

présent… En retournant, j'en veux un pour ignorer où je vais…

Sa voix a un timbre mat et un accent bizarre ; on comprend tout ce qu'il dit, malgré qu'on soit bien certain qu'avec lui nos mots ne veulent plus dire la même chose.

Dominique est aussi intriguée que stupéfaite.

— Tu n'es pas d'ici ?

— D'ici ? Pour aujourd'hui, oui.

— Demain ?

— Je ne demande pas où mènent les routes ; c'est pour le trajet que je pars.

Dominique ne désarme pas :

— D'où étais-tu hier, et avant-hier ?

— De là ! (Il indique la mer, par-dessus le toit de la maison.)

— Sur un bateau ?

— Oui.

— Tu es mousse ?

— Oui.

— C'est dur ?

— Oui… C'est beau ; l'eau n'a pas de chemin et on avance comme cela…

— Ysa.

Le nom fait sec et frappé comme un écho jeté à la mer.

Puis, devançant les questions, Ysa se met à raconter avec une grande aisance de parole et surtout une parfaite grâce de geste :

— C'est dur d'être mousse. Rien ne nous est épargné… On a les mains brisées par l'eau et le sel ; c'est bête pour parler après…

Il contemple ses mains toutes malléables sous leur gangue de force.

Dominique est interloquée. Voir si on a besoin de ses mains pour parler !

On dirait qu'il devine tout ce qu'elle pense et cela n'est pas pour la rassurer. Il reprend :

— On a besoin de ses mains pour dire les choses que la parole ne traduit pas. (Il regarde encore ses mains ; elle les regarde aussi avec une craintive admiration.) Oui, de ses mains, de ses pieds et de ses jambes pour parler sans détruire le silence.

Quelle ferveur, quelle passion dans cette voix ! Dominique pense : « C'est un fou, ou il se moque de moi ! Mon Dieu que ses yeux sont près de moi, et si brillants ! »

— N'allez pas croire que je suis malheureux ! La nuit ça chante dans les cordages ; c'est mieux que des sirènes, c'est mon ange...

Dominique respire, enfin quelque chose de familier et de rassurant : un ange-gardien en robe rose !

— Tu le vois, ton ange ?

— Non. J'entends le froissement de ses ailes. Il me console de tout.

— Qu'est-ce qu'il te dit, ton ange, pour te consoler ?

— Il danse.

C'est étrange ; à ce point même, Dominique a fini de s'étonner et d'être mal à l'aise. Elle accepte presque avec gratitude cette déconcertante réponse.

Ysa s'est levé, il a pris la main studieuse de Dominique, dans la sienne, toute fantaisie.

— Vous êtes belle, mais des fois seule ; voulez-vous que je sois votre ange ?

Dominique entrevoit certains tours d'équilibre à même un rocher, certaines façons d'apprivoiser les prodiges ; elle pense aux chants dans les cordages... Peut-on vraiment refuser tout cela quand on est seule et immobilisée ? Et puis, ne lui a-t-il pas dit qu'elle était belle ?

Elle a répondu : Oui !

Il est disparu par un trou de la haie. Restée seule, Dominique lit pour essayer de retrouver son calme. Au bout d'un moment elle ferme le livre, et de ce livre de toile noire comme de tous les livres du monde, et des vieux sages, semble monter cette parole : « Il est dans le destin des hommes d'avoir des anges ! »

Ysa retourna vers Dominique, dans la petite cour aux soleils verts et froids, filtrés par les feuillages bruissants.

Elle s'était demandé si le mousse reviendrait, une fois terminé l'inventaire des chemins menant à la cour. N'y a-t-il pas un chemin secret conduisant aux êtres ! C'est celui-là qu'Ysa choisit.

Il est venu à elle par un chemin secret, que rien ne défendait, puisqu'on n'en connaissait pas soi-même l'entrée. Ce n'est pas une allée comme les autres, n'y passe pas qui veut : depuis un instant des ombres vacillantes, mal définies, et sans cesse en mouvement, y montent la garde.

Ça a commencé sans façon, comme si tout était préparé d'avance : ça a commencé ce soir et ça dure, sans finir, depuis qu'il danse.

Ysa, d'un hangar, a sauté dans la cour. Il se recueille. Dominique sent son cœur battre. Que va donc lui apprendre ce petit sauvage aux allures de bête et de dieu ? On dirait que c'est terrible et si doux à la fois. Que lui apporte-t-il, lui qui vient de sur les vagues de la mer ? Lui qui a tendu son esprit, comme un filet, aux sortilèges marins ?

Ysa danse ; il danse pour Dominique. Il aurait dansé sans elle, seulement pour prendre sa place dans l'été. Rien que le geste pur ; rien que toute sa valeur rendue au geste. C'est nécessaire comme la prière aux moines et mesuré comme le soleil à la terre.

61

Il est arrivé enfoui sous un tas de rythmes et d'envols, il est reparti de même ; si bien que Dominique a de la peine à se souvenir du personnage qui assemblait des pas et des bonds devant elle. Sait-elle qu'un tricot bleu moulait la poitrine du danseur et qu'il avait quelque chose de félin dans la démarche et dans cette façon de rebondir sur ses pieds ? Quelque chose de félin surtout dans les yeux, pâles au repos, avec juste un petit point noir qui grandissait et emplissait tout l'œil, plus la danse montait et devenait complète.

Cela fut tellement irréel et si simple que Dominique ne croit pas devoir en parler à son père. Puisqu'il ignore que sa fille possède une allée enchantée, pourquoi lui avouer que cette allée est maintenant habitée ?

— Tu es encore là, Dominique ?

— Oui.

— Il est tard, c'est humide, tu ferais mieux de rentrer.

— Oui.

Dominique remarque qu'il fait nuit et que le vent neige des fleurs de lilas jusque sur elle.

Son père ouvre toute grande la porte de la cuisine. À la lumière électrique, ça brille trop fort, là-dedans : le bois verni des meubles, les calendriers rouges et bleus, le poêle garni de nickel, la toile cirée de la table et la vaisselle empilée.

Le père roule la chaise de Dominique par-dessus le seuil bas et usé.

— Tiens, tes livres sont là. Vois-tu assez clair ? Veux-tu que je t'approche de la lumière ?

— Non, merci, c'est bien comme ça.

Dominique se félicite de ce que son père ne se doute de rien. Heureusement qu'il est un peu dur d'oreille, d'ailleurs Ysa touchait à peine le sol de ses pieds... Et puis la cour est profonde et il faisait presque noir...

Patrice, le regard absorbé dans une profonde et lourde rêverie, ne s'inquiète pas de l'éclat des yeux de sa fille. Depuis longtemps il sait que Dominique prend dans les livres des idées qui font briller les yeux, et que, lui, le père, ne comprend pas. Tout en savourant sa pipe d'un air extatique, il pense : « C'est son affaire, après tout. D'abord, c'est des bons livres que M. le Curé lui a prêtés... » Le père a pleine confiance en sa fille, une confiance béate, désintéressée, voisinant l'admiration, cette confiance très pure, très haute qu'on a parfois pour les êtres qui nous échappent et nous étonnent. Évidemment, il aurait mieux aimé, ça l'aurait plus rassuré, que Dominique fût comme tout le monde, mais puisque c'était impossible avec ses jambes malades et que c'était des bons livres ; il n'avait rien à dire... « Dominique est une bonne fille, si droite, un peu comme la reine d'un autre royaume, mais si douce et si peu fière... »

Patrice accepte l'état de son enfant invalide, comme il avait accepté, autrefois, sa force et sa grâce, à la nage ou accomplissant si légèrement des travaux du ménage.

Depuis la mort de la mère, ils vivaient côte à côte, dans une atmosphère calme et complètement dégagée. Dominique et son père ne s'étaient jamais heurtés, peut-être parce qu'ils ne s'étaient jamais rencontrés.

En Patrice quelque chose d'humble et de recueilli lui donnait des gestes lents et une présence allège.

Tous deux, le soir, dans la salle, Dominique penchée sur ses livres d'étude et Patrice fumant sa pipe après la rude journée de travail, ne s'opposaient pas l'un à l'autre, malgré leur profonde séparation.

Quand on est séparé d'avance de quelqu'un, comment s'apercevoir que la déchirure vient de se creuser encore plus entièrement ? Ainsi, ce soir-là, Patrice ne remarque rien, il ne se demande même pas si sa fille est encore à portée de la main ; depuis longtemps il a cessé de le croire.

Ysa est venu à cette époque où le printemps se fond dans l'été, à cette époque où l'abondance des merveilles stimule notre émerveillement sans fin.

Dominique n'a opposé aucune résistance à l'enchantement. Elle l'attendait depuis toujours. La première surprise passée, la joie de la contemplation ne s'est pas émoussée en elle. Elle vit dans l'espoir de revoir Ysa, de le regarder danser encore un peu, et déjà elle se sent menacée par le mystère.

Ysa arrive toujours à l'improviste, au moment où la jeune fille l'attend le moins. Et, jamais il ne se fait prendre. Pourtant, il y a la tante de Dominique, qui, chaque jour, vient voir au ménage de son frère et s'occuper de sa nièce. C'est la tante qui installe Dominique dans sa chaise longue, dehors.

Ysa sait d'une science certaine à quel moment la grosse tante n'est plus là. Il est aussi léger qu'une feuille, aussi agile qu'un chat ; presque aussi immatériel qu'une apparition.

En Dominique, le décalage entre sa vie profonde et les détails extérieurs de son existence quotidienne s'accentue de plus en plus depuis qu'un être extraordinaire, oiseau ou luciole, mime devant elle et pour elle des pas de feu et de songe.

Toute l'attention de Dominique est donnée à ces pas. Exigence de cette attention qui capte ses forces et la laisse ensuite brisée, déshabitée, indifférente à tout ce qui se passe d'autre autour d'elle.

La tante Alma a vite fait l'inspection d'elle-même, de Dieu, des êtres et des choses. Selon elle, rien ne s'étiquette et il n'y a pas de mystère qui ne se condense en une formule. Voilà pourquoi l'air absent, le regard inerte de Dominique, cette façon d'être ailleurs, là où aucune intrusion n'est possible, l'agace, la fâche presque. À quoi pense donc cette petite folle ? D'où vient qu'elle ne communie pas seulement à ce qui est évident et prouvé, comme le ménage, le froid, le chaud, le prix du lait, les nouvelles du canton ?

Un soir Dominique entendit sa tante qui disait à son père :

— Ta fille doit avoir un amoureux... Elle a l'air tellement dans la lune. Tu devrais y voir ; on ne sait jamais... Je te l'ai toujours dit, c'est une tête croche...

Patrice avait répondu :

— Laisse-la faire. Elle est malade. Et quand même elle verrait un garçon de temps en temps, c'est de son âge !

Un peu plus tard, Dominique et Patrice se trouvèrent seuls. À la gêne qui était entre eux, Dominique comprit que son père voulait lui parler. Visiblement mal à l'aise, il finit par se décider et demanda :

— Je ne suis pas bien instruit, comme de raison... mais, s'il y avait quelque chose que je pouvais faire pour toi ? Je ne sais pas, moi... quelque chose que tu aimerais bien et qui te rendrait heureuse ?

Dominique appuya sa tête sur l'épaule paternelle et cela lui rappelait sa petite enfance, quand, chaque soir, son père la montait dans ses bras pour la coucher. Une grande tendresse envahit la jeune fille. Elle aurait voulu se confier, mais seuls ces mots sortirent de sa gorge oppressée :

— Je voudrais pouvoir danser !

— Pauvre petite ! Ça se peut que tu guérisses... Si on pouvait trouver un bon docteur...

Bas, gravement, son honnête visage tout tendu en une prière, il ajouta avec la foi d'une annonce de prophète :

— Tu danseras, ma petite fille, si tu le veux...

65

La promesse dépassait l'intention. Danser? il avait voulu dire marcher comme tout le monde. Danser, marcher, Dominique, non plus, ne séparait pas l'un de l'autre. La danse n'est-elle pas la marche dans son apothéose; marche noble, dépouillée du but utilitaire, et libre comme un jeu d'enfant ?

Le bateau du mousse devait être parti depuis longtemps et Ysa restait. Mais au juste de quel bateau venait-il? De quel bateau et de quelles rives, ou de quelle mer ?

Parfois, Dominique, très timidement, comme en s'excusant, lui donnait des oranges et disait ensuite à sa tante avoir offert les fruits aux pauvres. Qui était plus pauvre qu'Ysa, l'enfant sans gîte et sans bagages ? Qui était plus riche aussi que celui qui pouvait se passer de tout cela et paraître ne se servir de notre terre que pour y poser l'aérienne cadence de ses pas ? N'était-ce pas la moindre des choses qu'un fruit de soleil pour payer ce monde merveilleux dont le petit danseur était issu et qu'il a ouvert à Dominique ? N'y a-t-il pas en plus ses songes et son désir éperdu de la danse que la jeune fille offre du même geste, simple et bon, et de la même main ouverte ?

Pour la fille de Patrice la danse ne pouvait demeurer longtemps un seul spectacle. D'abord, son ravissement fut béat, ensuite, elle se sentit meurtrie par ces mouvements mêmes qu'elle ne pouvait exécuter.

La danse poursuit Dominique. Elle en rêve la nuit: secondes pendant lesquelles ses jambes suivent des rythmes sauvages. Au réveil ses membres sont encore plus raides et encombrants que la veille. D'où vient cette pesanteur, si ce n'est la rançon d'une fugitive délivrance ? Et le cœur donc, qu'il est devenu lourd, lui aussi ! Mieux vaudrait n'en pas avoir. Mais qui dirigerait la danse pendant le rêve ?

Elle a fait part à Ysa de son tourment. Il a souri et lui a dit :

— Aie confiance en moi. Pour le moment il s'agit de regarder et d'aimer ce que tu regardes. Après tu verras… Tout vient à point.

L'été est dans sa plénitude. Il est là, tout donné, tout reçu. Il ne peut pas plus être là qu'il ne l'est en ce moment. La prochaine fois que ça bougera là-dedans, ce sera le signe de l'automne prochain.

Les lilas n'ont plus de fleurs. On ne garde d'eux que leur feuillage opaque et froid comme de la pierre. Ysa continue toujours de venir. Personne, excepté Dominique, ne l'a jamais vu dans le pays.

Ce matin, Dominique est triste. Elle voudrait retourner en arrière, à cette époque où elle ne connaissait pas le danseur, ni la danse non plus.

Ysa ne la ménage pas. Il n'a aucune pitié de l'enchaînante immobilité de la jeune fille. Au contraire, il prend plaisir à faire miroiter devant ses yeux des arabesques dont elle ne peut s'emparer ainsi que d'une chose à elle. Farouchement, il entretient en Dominique un désir qui flambe et qui brûle :

— Ysa, j'ai rêvé, cette nuit, que je dansais… (Elle a dit ces deux mots avec une tendresse maladroite et contenue, craignant de les profaner.) Je dansais ! Je sentais mes jambes danser ! Mes bras danser ! Et d'autre chose de plus dansant encore dans mon sang. Mon épine dorsale, mon cou, mes cheveux, rien ne résistait ! Je n'existais plus, et pourtant j'étais consciente de mon obéissance à la danse, seule chose qui pouvait m'empêcher de mourir tout à fait. Les jambes me faisaient mal et, toi, tu me disais : « Danse ! Danse ! » Ta voix était le rythme lancinant sur lequel je marquais mes pas. « Danse ! Danse ! Tu vas avoir un vrai tutu comme en ont les sylphides dont je t'ai parlé ! » Puis à ta voix ma silhouette

67

se transformait en celle d'une danseuse classique. Je touchais le tulle de ma robe, à mes pieds étaient de vrais chaussons… Je souffrais dans tout mon corps et je tournais, je tournais sur un seul pied, heureuse comme c'est impossible d'être heureuse. Tout à coup je suis tombée à terre. La douleur m'a réveillée et je me suis retrouvée dans mon lit, plus découragée que jamais, et pourtant étreinte encore par mon rêve… »

Ysa a écouté Dominique avec grande attention, le visage brillant de triomphe. La graine de douleur qu'il a lancée d'un geste violent en cette âme fraîche germe merveilleusement, au-delà de ses espérances même. Cette ardeur qu'il sent vibrer, cette plaie vive qu'il a ouverte en Dominique, quel délice pour le moment et quelle promesse pour l'avenir !

Quand elle eut fini de parler, il se mit tout de suite à danser. Il dansa comme elle ne l'avait pas encore vu danser.

On dirait qu'il prend un malin plaisir à torturer la jeune fille, ou plutôt qu'il n'est plus libre de l'empêcher de souffrir. Cette blessure qu'il lui inflige avec tant d'âpreté fait partie de l'incantation.

Ce soir-là, Dominique remarqua que la démarche de son père était accablée, qu'il avançait la tête basse, les yeux fixés à la terre. Quant à tante Alma, son gros corps était une insulte aux lois de l'équilibre. La jeune fille se dit à elle-même qu'elle aimerait mieux mourir que de si mal marcher.

Vous êtes-vous déjà senti le plus comblé parmi des gens qui vous croyaient plus pauvre qu'eux ? C'était là l'impression de Dominique en regardant son père et sa tante. « Mieux vaut ne pas bouger du tout comme moi, pensait-elle, que de mal faire comme eux. » Cette déclaration ne ressemblait en rien à celle du renard au sujet des « raisins verts ». Les seuls fruits qui comptaient pour elle étaient ceux si bellement mûrs qu'Ysa lui tendait, au-dessus d'une treille encore hors d'atteinte.

Les livres sont délaissés. À quoi bon tenter de s'assimiler cette vie enclose dans des bouquins, quand une vie supérieure, exprès pour soi, s'offre, poignante et pressante, telle la grâce.

Pourtant, Ysa passe des jours entiers sans venir. Pluie, froid, présence de la tante, que sais-je… Des fois, il se glisse auprès de Dominique pour saisir, avec un à-propos incroyable, les seules dix minutes libres de la journée.

Elle en est venue à ne plus craindre qu'Ysa ne dévoile son existence à tante Alma, si curieuse et soupçonneuse. Dominique a une confiance aveugle en Ysa, la confiance qu'il convient de placer en un ange, ou un démon, qui s'amuserait à étendre d'autorité son royaume autour de nous.

Ysa resserre de plus en plus l'étau. Au moyen d'une pression méthodique, il accomplit son rôle.

Devant les yeux de Dominique, toutes les danses imaginables passent, mues par un incroyable danseur. Ce qui est extraordinaire ce n'est pas tant la souplesse, la vivacité, la justesse, dans leur plus pur achèvement, c'est la présence de l'élan qu'Ysa confère à la moindre cadence, c'est la passion qui tend son esprit, passe dans ses muscles, dilate ses pupilles et fixe avec force et à jamais ses pas dans le subconscient de la jeune spectatrice.

Rien n'embarrasse le mousse dans sa démonstration : les plus que lentes, les plus que vives, l'accessoire, le décor, le costume, le nombre des danseurs, il supplée à tout, même dans les rondes où un village entier tourne au son d'un violon. La danse se trouve dépouillée, nue, mais non réduite à la pauvreté, car sa richesse est au-dedans d'elle-même.

Ce qu'Ysa incarne le plus souvent ce sont des pantomimes où il sait être à volonté l'esprit du feu, l'esprit de l'eau, une fée qui rit, un prince égaré dans le bois enchanté, une feuille qui tombe, une fleur qui meurt, la reine des abeilles, cette femme qui cherche la drachme perdue, l'enfant qui joue au soldat, la colère, la joie, la peur, l'audace, la faute, le retour, la folie, la mort.

Souvent le danseur soutient sa danse d'un peu de musique. Il a deux minuscules flûtes en forme de sifflets, pas plus longues que le petit doigt et qu'on n'entend plus au-delà de quelques pieds. L'une est en bois rose-orangé, brillant comme si on l'avait trempé dans un sirop de sucre : le son en est aigre et tremblant, il ressemble un peu à celui de la clarinette, avec un ton de bois indéfinissable. L'autre est en verre irisé des reflets du prisme, sa sonorité est claire et unie ; nulle flûte n'eut jamais sa fluidité et sa fraîcheur de source cachée.

Dominique ne peut se servir de ses jambes, mais Ysa lui apprend mille figures qu'on peut faire avec les bras. D'instinct, le visage de la jeune fille exprime l'âme des mouvements que ses bras exécutent.

Ysa est très satisfait. Son élève est gracieuse, ses bras sont beaux. Un instant, il eut envie d'aimer les bras de Dominique, mais se ressaisit aussitôt. Pour Ysa, il ne peut être question d'aimer autre chose que la danse et la musique.

Un après-midi torride. On perçoit la chaleur s'égoutter dans les feuillages sourds. Le ciel est bas. L'orage n'est pas loin.

Vous connaissez la respiration ordinaire du garçon appelé Ysa ? Ce n'est pas parce qu'il fait chaud que le danseur va cesser de vivre. Il ne capitule pas si vite. Oh non ! Il danse.

Il est le petit faune de Debussy. Tour à tour jouant de la flûte de bois, jouant de la flûte de verre, tour à tour dansant, il est le petit faune de Debussy.

Ses sauts, ses bonds, sa tristesse, sa rêverie : il est le petit faune de Debussy. Une eau imaginaire coule dans ses doigts et fait des ronds dans un bassin de pierre. L'angoisse de cet oppressant jour d'aujourd'hui décante sa poésie, l'heure présente se dépayse, se transmue et devient l'après-midi d'un faune.

Dominique sursaute, violemment tirée de son extase. Elle voit devant elle tante Alma. Celle-ci a surpris, avec une inquiétude voisine de la terreur, le visage de sa nièce, pâle et tendu, les yeux fixés sur le vide, se réveiller par petits coups pour enfin se rendre compte de la présence de sa tante.

Tante Alma a peur de poser des questions trop directes. Elle ne se reconnaît plus et bredouille en évitant le regard de Dominique :

— Qu'est-ce qui s'est en allé comme ça dans les branchages ? Ça a sauté comme un écureuil !

Dominique s'aperçoit alors qu'Ysa a filé ; et la jeune fille cache dans les plis de sa robe blanche les deux flûtes qu'il a laissées sur ses genoux.

— Quelle chaleur ! continue la tante ; les oiseaux volent bas. J'ai entendu se plaindre dans le bosquet… sans doute un oiseau blessé… Il avait une curieuse de voix. Je me demande quelle sorte d'oiseau ça peut bien être…

Dominique serre dans sa main les beaux sifflets et pense à l'oiseau dont personne ne connaît l'espèce, ni la blessure. Elle pense à l'écureuil qui s'est enfui si prestement. C'était aussi un étrange écureuil, et une bien étrange aventure, en vérité.

Au soir, l'orage a crevé. Des cataractes de pluie tombent. Le vent tourmente les volets, martyrise les arbres, fait mugir la mer. L'éclair, sans arrêt, strie l'horizon : violet, bleu, jaune, il brille et change de couleur.

Dans tout ce bruit, un autre bruit, dans toute cette détresse, une autre détresse. Au loin dans la brume, la sirène d'un bateau.

Cet appel de sirène met le comble à la tempête pour Dominique. La rafale secoue la maison, et Dominique tremble de peur. Un pressentiment la prend à la gorge. Se pourrait-il qu'*il* soit parti par ce temps ? De science obscure et qui ne ment pas quand même on veut l'étouffer Dominique sait qu'*il* est parti. Elle garde en sa main les sifflets qu'il a laissés dans les plis de sa robe blanche. Deux beaux sifflets qu'on n'entend plus au-delà de dix pieds. Et *lui,* est très loin du rivage, sur la mer démontée. Comment l'appeler ? Comment le rejoindre ? Et comment faire pour ne pas pleurer quand on est si malheureuse ?

Depuis le départ d'Ysa, il semble à Dominique qu'il y ait dans son âme toute une partie où fut imposée une domination d'immobilité et de solitude. Elle a le même sentiment d'amputation que lorsqu'elle se rendit compte que ses jambes étaient paralysées. C'est un poids mort à traîner, poids mort fait d'une chose vive accrochée après soi. Quel désœuvrement, quel silence, là où jaillissait la joie il y a à peine quelques jours !

Après la fête, quand le soleil du matin éclaire brutalement nos chimères, quelle désolation de voir les guirlandes fanées, les lanternes carbonisées, les débris de toutes sortes, et surtout l'air désuet, souvent ridicule que prennent si facilement nos bonheurs quand ils sont finis.

La petite fille infirme se rend compte combien il était insensé d'oser espérer un instant pouvoir retenir pour elle le mouvement. Le mouvement c'est Ysa, ce ne peut être Dominique avec ses jambes de pierre. Il est dans l'ordre des choses que l'animation de la danse et de la vie même finissent par l'éloigner de nous quand on est immobile. La balle que la main lance a besoin, pour bien rebondir au loin, de l'appui d'une surface plane et qui ne remue pas.

Les jours passent, et à force de changer de jour, on change soi-même, peu à peu. À une période d'accablement pour Dominique succède une ère fébrile. Elle essaie de ressusciter ce pourquoi elle fut si heureuse, ce quelque chose qui la tourmente, la presse comme une raison d'être à laquelle elle se sent inférieure.

Les moyens qu'elle emploie pour cela sont artificiels et pauvres. Mais la poussée intérieure qu'elle leur donne, leur imprime parfois une réalité au-dessus de celle des rêves.

Quand elle se trouve seule dans sa chambre, Dominique, couchée sur son lit, joue avec ses bras, en mesure, guidée par une musique secrète. Elle ferme les yeux afin de mieux s'imaginer que ses jambes sont aussi souples que ses bras.

Des fois ça réussit, la musique l'enveloppe, sa ferveur la trompe, et Dominique, un instant, a l'illusion de tourner dans un galop fantastique.

D'autres fois, la jeune fille garde trop conscience de son corps ankylosé. Elle a beau mimer avec ses bras, ses mains et ses doigts, le charme s'est évaporé. Jamais les jambes n'obéissent à cette règle qui possède si bien pourtant le reste de sa personne.

Dominique ne veut plus sortir. Elle reste toute la journée dans sa chambre à se souvenir de ce qu'elle a vu, de ce qu'Ysa lui a montré durant son passage auprès d'elle.

La petite a beau chercher dans sa mémoire, en aucun temps, elle ne retrouve Ysa un, et seul. La forme humaine et précise du danseur ne se dégage pas des dessins chorégraphiques. Des bondissements, des entrechats, des dodelinements de tête, des bras au ciel, un agenouillement lent, un vif redressement, et voilà les images qui hantent Dominique. Des rythmes, des mélodies lui chantent dans la tête, lui picotent les doigts. Elle ne finit pas de tambouriner des gammes saccadées, sur le mur près de son lit. Que de tours de passe-passe peut-on inventer avec le pouce et les quatre doigts d'une main, quand il faut créer un ballet à tout prix avec ce que l'on peut trouver !

La tante Alma ne quitte plus la maison de son frère. Son inquiétude augmente chaque jour depuis qu'elle a surpris sa nièce blême et saisie comme par une apparition. Elle ne cesse de l'observer et n'est pas loin de la croire folle. Dominique ne répond pas quand on lui parle, rien ne l'intéresse plus et une fiévreuse agitation s'empare d'elle. Elle ne cesse pas de remuer bras et mains. Parfois, elle souffle dans de petits joujoux au son si bouleversant que même la bonne dame en est tout à l'envers.

— Patrice, tu devrais faire quelque chose ! C'est pas restable ici, je t'assure ! Mais qu'est-ce que cette enfant peut bien avoir, pour l'amour du ciel !

Têtu, le père ne démord pas de son idée :

— Dominique est malade parce qu'elle lit trop. C'est pas bon pour la tête de trop lire… et elle lit trop parce qu'elle est infirme et ne peut bouger comme les autres… Il n'y a rien à faire, c'est comme ça. Si elle pouvait marcher, ce serait pas la même chose, certain… Mais, c'est comme ça !

Un jour, la tante revient encore à la charge et précise :

— Patrice, si tu voyais un docteur ?

— Un docteur ? On en a déjà vu un, tu sais bien. C'est de la paralysie ; il n'y a rien à faire, qu'il nous a dit.

— Essayons, quand même. Peut-être qu'un autre penserait pas comme celui-là.

Et, en elle-même, la tante Alma ajoutait : « J'y parlerai, moi, au docteur… et on verra bien que c'est pas les jambes qu'elle a de plus malade… »

Maintenant, Dominique gît en une sorte de torpeur. Nuit comme jour, elle dort, par intermittences, d'un sommeil lourd de songe, puis se réveille, vit de ce qu'elle a rêvé et se rendort.

Des ballerines emplissent la chambre. On étouffe avec toutes ces robes blanches qui nous entourent comme des nuages crayeux. Quel bourdonnement de guêpe est comparable à ce bruit de leurs pas sur le plancher, les murs et même au plafond !

Il pleut souvent. Les gouttes pressées frappent sur le toit et résonnent dans la tête de la malade. Voici encore une ronde ajoutée à toutes les autres ! Par la fenêtre ouverte, l'humidité du dehors, la brume même pénètrent les minces cloisons de la chambre. Dominique n'aime pas cette odeur de vieux bois qui se mêle à son oppression pour la rendre plus suffocante.

Elle ne se préoccupe plus de la présence de son père ou de sa tante. Devant eux elle joue, sur la flûte de verre ou celle de bois, des airs si beaux, si désespérés que les grandes personnes en ont envie de pleurer ou de devenir folles.

Une fois qu'on est engagé dans l'aventure du mystère, une fois qu'on a donné son consentement profond, rien n'est plus impossible. La réalité se trouve franchie, dépassée, et les choses les plus extraordinaires ne bouleversent plus aucun ordre, ne provoquent plus d'étonnement.

Dans ce chaos où Dominique s'enfonce de plus en plus, à travers ce tournoiement d'images et de sensations qui l'assiègent, une pensée claire demeure : être fidèle à la voix intérieure, être fidèle à Ysa.

Un médecin s'approche d'elle. Il marche ainsi qu'une ombre, et sa barbiche se balance pareille à une ombre. Ô les ombres sur le mur, comme elles dansent ! Il en est d'opaques et de transparentes, mais toutes fléchissent, telles des flammes au vent !

«Combien j'aimais le reflet vert, liquide des feuilles sur toute la cour, la cour limpide où s'est posée la danse aux jours de son incarnation. Le médecin se penche sur moi, il intervient entre moi et la cour de feuillage. Le médecin est vieux, sa barbiche est blanche. Il est très vieux. Il n'a aucun pouvoir sur moi. Il insiste pour que je le voie. Je le vois bien, mais j'aime mieux mes images. Il a les mains aussi blanches que celles d'un maçon. Ses mains ne sont pourtant ni rudes ni brisées. On dirait un maçon de fantaisie qui passerait sa vie à faire des murailles en poudre de riz !

Il me donne à boire une liqueur verte. J'ai déjà bu de ce philtre, de ce soleil vert, fluide, incandescent ; il court déjà dans mes veines… Personne ne m'en guérira ; leur remède de lui-même se change en mon mal.

Le docteur enfonce dans mes jambes une aiguille d'argent. Les sondes ne sont pas sûres, elles ne touchent pas la danse qui vit au fond. Qui pourra délivrer la danse qui vit ? Car, elle vit. Elle est sensible et se cabrera à la moindre piqûre. Mais, le docteur ne sait pas la découvrir sous l'écorce rigide. Il ne cherche pas assez creux. Il ne croit pas à la profondeur, ni au mouvement prisonnier au cœur de la mort.

Un jour, quand le temps sera venu, la danse se débarrassera de son enveloppe dure, la danse s'échappera, et mes jambes intérieures laisseront sur mon lit les écailles fanées de leur immobilité.

Ce médecin scrute jusqu'à mon sommeil. Ses yeux ne quittent pas mon visage ; je le sens sous mes paupières fermées. Je sens son ombre se profiler sur la solitude de mes rêves. Il concentre son énergie pour me regarder dormir. Il peut bien me regarder dormir, ce n'est pas lui qui me veille. Un autre me veille et agit jusque dans mon sommeil le plus secret.

Ô le sommeil où je puise la sève que me refuse la vie ! Veut-on m'enlever cet unique recours ? Veut-on ma mort ? Et pourquoi m'empêche-t-on d'obéir à cette mort, particulière à moi, qui me fait signe ? »

— Cette enfant ne lutte pas… elle est envoûtée par quelque chose… Comment la sauver, malgré elle ?

Le médecin s'impatiente. Puis la fièvre baisse tout à coup. Dominique se calme et paraît prendre conscience de la vie extérieure. Le médecin se félicite de l'efficacité de son intervention, et pourtant il se heurte toujours en Dominique à cette même volonté intransigeante, incorruptible qui dépasse singulièrement les forces de la jeune fille.

Dominique est paisible, épuisée. Une grande fraîcheur coule dans ses membres comme si on les avait passés à la rosée. Elle sait que la médecine n'est pour rien dans cette halte de son tourment. Quiétude, agitation, tout a un sens, tout vient à son heure et fait partie du même processus inexorable. Cette paix n'est qu'une rêverie sans heurts, une obscure et dense rêverie, un état second qui est toute réceptivité aux ondes les plus mystérieuses qui pourraient se trouver dans l'air.

Au loin, dans je ne sais quel lieu du monde, Ysa courbe son être comme un arc en direction de celle qu'il veut atteindre. Il s'insinue tout près de Dominique. Sa présence est différente de ce qu'elle fut déjà, présence dépouillée de tout ce qu'on veut voir avec les yeux, présence non revêtue des mouvements de la danse. C'est maintenant qu'on ne voit plus le danseur que se dégage sa parole.

Ysa vient d'un pays où l'on a le loisir de regarder la mer et les oiseaux, d'un pays où l'on connaît les mots pour dire sa pensée et son amour, d'un pays où l'on ose dire chaque fois sa pensée avec des mots nouveaux et qui engagent. Pour son langage personnel, lui, Ysa, a choisi la chanson du geste. Il a choisi l'élan du geste dont la durée se mesure au seul présent comme la vie de Dieu même.

Ysa sait aussi se servir de la langue parlée, et le voilà qui dit à Dominique :

— L'automne s'en vient. Les feuilles commencent de tomber. Toi, qui es près de la mer, savoure bien l'amer de ce goût d'eau qui pénètre toute chose. Tressaille aux cris sauvages des oiseaux aquatiques. Ne détourne pas ton âme de l'angoisse, goûte-la, tel un don supérieur. Regarde les feuilles : elles dansent, fidèles au vent, jusqu'à la dissolution complète. Les vagues, les nuages suivent un rythme sans jamais se reprendre ; les enfants jouent ; seules les grandes personnes ne savent ni jouer, ni suivre un rythme qui les dépasse. Il faut se décider une fois pour toutes : ou ne pas partir, et amasser, pour la perdition de soi, des choses qui portent déjà en elles leur propre germe de décomposition, ou tout quitter pour le trait du moment, aussitôt né, aussitôt détruit, et le refaire chaque fois aussi excellemment que pour l'Éternité.

La voix parle à travers le vent et le bruit des vagues. Dominique regarde de loin le ballet des goélands. Les ailes blanches tracent des chemins invisibles et toujours à refaire dans le ciel, tandis que les gens d'ici, craignant le risque et, satisfaits d'eux-mêmes, restent enfoncés dans l'ornière, à perpétuité.

Dominique n'a pas à choisir. Elle a été choisie.

Solitude dans la maison. Le père et la tante sont sortis, appelés par une cousine malade.

Dominique, brisée, sent qu'elle touche à la limite de sa faiblesse. Un autre se fait de son anéantissement une activité de surcroît.

Tout d'un coup elle a la conscience aiguë de se trouver dans le rayonnement immédiat et physique d'Ysa. Elle perçoit qu'il est là. Ce n'est plus l'attirance d'un charme lointain ; la voici sous la puissance directe de ses yeux. Cette attraction l'entoure, la pénètre avec une telle force qu'elle semble émaner de son centre vital à elle, Dominique. Ysa vit. Il possède Dominique et la meut comme sa propre vie. Car il la meut. Elle se meut.

La maison apprend de nouveau l'écho des pas de Dominique ; pas étouffés sur le petit tapis près du lit, pas sonores dans l'escalier de bois, pas glissants sur le linoléum de la salle ; tons différents d'une danse dans sa plus simple expression ; glorification des pas de la vie quotidienne dans la maison familière.

Dominique va vers la fenêtre qui donne sur la cour. Elle voit deux yeux braqués sur elle à travers la vitre ; deux yeux verts et or et si beaux que de cette vitre nue ils font un vitrail.

Dominique franchit la porte. En la voyant si près de lui, Ysa a un imperceptible mouvement de recul que Dominique saisit en elle, le temps d'un éclair, comme un fléchissement de force et une brusque invasion de douleur. Elle chancelle.

Ysa durcit son visage, il regarde Dominique intensément :

— Que tu es grande, Dominique ! Je ne te croyais pas si grande !

Elle est grande, sa robe est blanche et ses cheveux relevés font une couronne sur sa tête. Lui est mince, tendu ; ses yeux sont tout son visage.

Nuit claire et solennelle. On a beau être au commencement de septembre, il fait doux comme en été.

Dominique marche derrière Ysa qui se dirige vers la plage, déserte à cette heure. Ysa entend le bruit des pas de Dominique, et le léger claquement de sa jupe de toile fine dans le vent. Cette démarche sûre et aérienne, qu'il tire après lui pareille à sa propre traîne royale, le grise et le gonfle d'un sentiment plus fort et plus étrange que l'orgueil.

Arrivé au bord de l'eau, il la fait asseoir sur la grève ainsi qu'on aimerait à disposer d'un membre accompli et nouveau de son corps.

Il joue dans le sable avec ses doigts. Dominique, immobile, attend. Puis, rompant le silence, Ysa fixe la jeune fille, le visage contre son visage. Elle goûte à son souffle amer en même temps qu'à ce mot qu'il lui jette avec dureté : « Danse ! »

Elle se lève, sa silhouette se détache, un peu vacillante, au bord de l'eau.

Ysa retient sa respiration. Dominique a soulevé un de ses bras. Elle le soupèse, le mesure du regard. Mais, qu'est-ce que ce bruit ? Dominique a viré sur ses talons, brusquement, au garde-à-vous. Dieu, que le silence est lourd ! Que va-t-elle faire maintenant ? Qu'est-ce donc que ce che, che, rythmé comme la vague ? Dominique danse ! Elle danse sur le quai, et le sable grince sous ses pieds.

Petit à petit, elle va au plus intérieur de son être et découvre sa possibilité dansante. La main ne tiendra plus de livre, ni de couture, la main est rendue à son sens de main pure et le geste à sa valeur de symbole. La jambe ne commettra plus de faute en marchant mal, ou en se figeant sur place ; elle marquera les pauses et les départs d'une envolée au-delà de l'inconnu.

Dominique essaie toute découverte, l'une après l'autre ; ce pouvoir flexible qu'on a dans la taille et cette joie de balancement dans les hanches, et ce cou qu'on penche ou redresse à volonté !

80

Chaque membre, chaque partie de son corps ressuscite à la vie, ou plutôt c'est une seconde naissance dans la conscience de sa forme.

Ce que Dominique danse ainsi sur le quai, au refrain monotone des vagues, souligné par le glissement de ses souliers sur le sable, ne ressemble à rien, ne représente rien. Ce n'est que la prise de possession de son destin.

La vague s'en vient ; elle roule, elle éclate sur la grève, elle flâne un peu, elle se retire ; une autre recommence. Dominique s'en vient, s'élance, elle est arrivée, elle est partie, elle revient.

Avec une exaspération imperceptiblement montante, elle danse et sa danse a l'effet incantatoire des chants nègres.

Ysa écroulé sur le sable, contemple Dominique. Le garçon maigre et élastique, à plat ventre, les coudes en avant de lui, les doigts entrés dans la bouche, agrandit et tord son sourire qui paraît démoniaque. Sa face brille. Il est au paroxysme du triomphe. Il admire la grâce, le don total de la danseuse.

Dominique danse, sa couronne défaite, ses cheveux dénoués dans le vent. Ysa se répète :

— Qu'elle est belle ! Et majestueuse ! Elle n'est que danse ! À nouveau la danse s'est incarnée dans le monde. Nous la voyons devant nous sous la forme déliée de la petite Dominique que j'ai tuée.

Ysa sait qu'on ne dépasse pas impunément les forces de la nature. Depuis quelques instants il y a plus que les vagues et les semelles de Dominique sur le sable qui marquent le temps ; il y a sa respiration oppressée qui devient de plus en plus sifflante, de plus en plus difficile. Un peu de temps encore et les pieds continuent la cadence comme dans une seconde vie, comme dans un rêve, tandis que les deux mains de la danseuse compriment son cœur qui éclate dans sa poitrine. Dominique se souvient, d'un souvenir lointain tel qu'à peine murmuré au seuil du sommeil, de l'histoire d'un certain boléro espagnol et elle est heureuse de mourir, à la fois au bout de sa danse et de sa vie, pareille à cette autre danseuse.

Prostrée, elle tombe sur les mains, puis de tout son long. Ysa prend la tête de la petite sur ses genoux. Les longs cheveux s'enroulent à ses doigts. À ce moment la peur entre en lui. À la lumière de la lune la figure de Dominique est livide et toute tordue. Elle étouffe et ne peut parler. Ce qui met le comble à la terreur du sorcier, c'est que les vagues répètent inlassablement le rythme implacable de la danse de Dominique, rythme qui s'est installé en lui, Ysa, pour son éternel tourment, et qu'il voudrait fuir. Rythme que la pauvre poitrine suit encore en se déchirant, rythme maudit que continue la vague quand la poitrine s'est tue.

Ysa laisse retomber la tête de Dominique. Il lance un cri rauque, inhumain, cri de bête cernée, cri de damné qui meurt.

Il s'est jeté à la mer, au cœur même de son démon. L'abîme humide et profond a bu le danseur. Jaloux, il n'a pas rendu le corps léger qu'alourdira une couche de sel. Ysa a rejoint le centre obscur des grands rythmes et des marées dont il était issu comme Adam de la terre.

Personne n'a vu le suprême bond du danseur plongeant dans les flots. Et, quel artiste pourra, sans mourir, reconstituer au tableau noir, pour nous l'expliquer, cette trajectoire plus extraordinaire que l'art.

Quant à Dominique, tard dans la nuit, on l'a retrouvée chaude et douce encore. Pour elle, le désir de l'Ange s'était réalisé; en plein éblouissement, nue comme David, elle dansait devant l'Arche, à jamais.

(Automne 1938 – hiver 1944)

La Robe corail

Elles sont dix ouvrières, dans l'atelier de madame Grospou : dix ouvrières, jolies ou moins jolies, chacune avec son envie de papoter, son bâton de rouge, des bas de soie, une robe courte et son chagrin d'amour.

À part celles-là, il y a la petite Émilie dont la présence ténue et silencieuse ne se remarque même pas.

On se souvient à peine de l'arrivée d'Émilie chez madame Grospou, un soir, comme ça, toute seule, tout enfant. On ne savait pas d'où elle venait. Elle ne parlait pas et on la croyait muette.

À son entrée à l'atelier, elle était de la taille d'un enfant. Mais son visage effacé, alors comme maintenant n'avait point d'âge ; ni jeunesse ni maturité ne pouvait se lire dans ses yeux démesurés, sans présence et sans rêve. Cela surprenait et inquiétait un peu, ces yeux si grands, comme n'ayant jamais servi ; et inconsciemment l'on se disait que c'était mieux ainsi, car si jamais un secret pouvoir d'illumination comblait ces yeux immenses, cela s'étendrait, telle une mer de feu. Mais la chose ne semblait pas devoir arriver en ce monde. Les yeux d'Émilie étaient trop grands parce qu'ils étaient vides.

Tout de suite, elle avait ravi madame Grospou, par sa dextérité au tricot. Elle semblait n'avoir jamais fait autre chose de sa vie.

Et, depuis ce temps, Émilie n'a pas cessé d'être une ouvrière extraordinaire. Elle tricote sans éclaircie, fébrilement, tout le jour. Le jour s'asservit à son ouvrage. On dirait qu'elle le tricote en même temps que sa laine.

Chaque semaine se passe ainsi ; et, le dimanche, lorsque Émilie cesse de travailler, elle se sent lasse, un désert sans borne en elle, privée de la seule raison de vivre qu'elle connaisse. Elle attend le lundi avec impatience, et jamais il ne lui vient à l'idée de regarder en arrière et de se demander avec effarement ce que sont devenus tous ces jours qu'elle a tricotés !

Une après-midi, il est arrivé à l'atelier un grand gars de retour des chantiers. Branle-bas et grosse dépense de battements de cœur chez les ouvrières ! Il achète des chaussettes et offre des images coloriées, en cadeau, à chacune des jeunes filles.

Émilie daigne regarder la sienne, sans pour cela cesser de travailler. L'image représente une bergère qui tricote, entourée de ses moutons. Mais, horreur ! l'artiste, trop profane, n'a mis qu'une seule aiguille aux doigts de la bergère ! Peut-on, à la vérité, être aussi ridicule et ignorant dans l'art de faire un bas !

Personne ne se souvenait d'avoir entendu Émilie rire. Pourtant, elle trouve cela si drôle que, tout naturellement, elle part à rire. Or, en commençant à rire, elle commence à le voir, *lui,* comme si le rire était le prélude d'un rite mystérieux auquel elle serait conviée.

En aucun temps, Émilie ne se sépare de son tricot ; il ne fait qu'un avec elle. Toutefois, ce soir, en marchant vers sa demeure, elle a beau, ainsi que d'habitude, enfiler des mailles, quelque chose d'elle est ailleurs, en un premier et tremblant voyage.

Rendue à sa chambre, Émilie se recueille. Ce qu'elle entreprend est fort difficile et délicat. Il s'agit de la robe corail qu'une dame très riche vient de commander. Cette robe doit être terminée et livrée dans une semaine !

La laine vive glisse sur les aiguilles d'os ; le rêve, plus vif encore, glisse en gouttes insaisissables dans le cœur de la petite ouvrière.

Au lieu de continuer jusqu'à ce que le sommeil la gagne, appesantie sur le travail, Émilie, ce soir, a rangé la laine plus tôt qu'à l'ordinaire.

Elle ne sait encore ce qu'elle cherche, mais il lui manque un objet indispensable dans la chambre ; un objet qui n'y était pas hier et qui n'y est pas davantage aujourd'hui. Rien n'est donc changé, si ce n'est le désir qu'Émilie en a maintenant et qu'elle n'avait pas hier.

Dans la chambre sans glace, en imagination, Émilie scrute son visage. Elle s'interroge, s'inquiète, et soudain l'image claire d'un autre visage la console, telle une apparition de saint : Gabriel, revenant des chantiers, la peau brûlée, les yeux luisants comme les rivières délivrées après la débâcle du printemps.

Émilie ne cesse d'enrouler ses cheveux sur ses doigts qui, ne tenant plus les aiguilles, n'ont pourtant jamais paru plus nécessaires.

Avant de se coucher, elle a deux gestes fantastiques qui l'étonnent à peine. Sur sa robe grise, Émilie a épinglé la manche corail qu'elle vient de terminer, et en tâtonnant, elle a frisé ses cheveux avec des guenilles propres.

La nuit, Émilie rêve que ses frisettes sont des copeaux blonds, tout tournés, et que Gabriel les coupe avec des grands ciseaux pour les jeter dans la rivière. Ensuite, le jeune homme, sautant d'un copeau à l'autre, à l'aide d'une gaffe, se livre à la drave, sous les yeux effrayés d'Émilie.

Le lendemain matin, pour se rendre à l'atelier, elle a caché sous un fichu ses boucles si rondes, si soyeuses au toucher.

Pourquoi tricoter en marchant ? Rien ne presse ; ce matin, à ne rien faire on a l'impression d'être tout occupé !

Émilie est pourtant un peu tourmentée ; elle voudrait bien emprunter un miroir à une compagne, mais elle craint ses moqueries.

Qu'est-ce donc que la laine a ? On la sent à peine et c'est drôle tout ce qu'elle raconte. Le jour, que l'ouvrière tricotait avec la laine, sort de sa gangue laineuse comme un merveilleux filon. Tous les jours qu'Émilie a tricotés se présentent ensemble à son esprit, libérés d'une oppression.

Avant, elle n'avait fait attention à rien, et voici que la digue est rompue, la vie reprend ses droits.

Émilie revoit la grande place de madame Élisabeth chez qui elle avait été autrefois faire un essayage. Elle revoit aussi le bois où elle avait joué un dimanche, quand elle était petite. Qu'il était beau le bois ! Qu'elles sentaient bon les feuilles ! Émilie se souvient aussi que madame Élisabeth, qui était si belle, l'avait un jour embrassée. C'est fou comme Émilie aujourd'hui aurait envie d'être embrassée à nouveau par madame Élisabeth.

Au cliquetis des aiguilles, la jeune fille rit toute seule, tandis que le son de son rire lui redonne la vision d'un visage hardi et hâlé. Et c'est dans l'évocation de ces yeux-là, tout luisants comme des rivières, qu'Émilie découvre le miroir qu'elle n'a jamais eu.

Le soir, elle retourne à son grenier, avec deux manches complètes et le devant du corsage. Ce corail fait riche sur la robe grise et, le fichu enlevé, autour des boucles ça mousse comme du champagne très blond !

Ainsi, à moitié parée, Émilie se penche à la fenêtre. La fenêtre est juste à la bonne hauteur et n'encadre que la tête auréolée et le radieux corsage rose !

Ça c'est ce qu'on voit d'en bas, c'est ce qu'il voit, lui ; et ce recueillement qui écoute, c'est ce qu'il entend, lui, d'en bas, sur l'herbe.

Mais elle, Émilie, du haut de la fenêtre, contemple un croissant d'argent qui s'est arrêté miraculeusement au-dessus de la tête de celui qui devait venir.

Émilie a à peine assez de silence en réserve pour goûter avec plénitude cette musique que l'homme, dessous le croissant, lui sert, à l'aide de sa voix et d'un accordéon. Sa voix qui chante en douceur : « Lui y'a longtemps que je t'aime… » et l'accordéon qui traîne longtemps après la voix : « Jamais je ne t'oublierai… »

Pendant presque une semaine, à mesure que le tricot avance, la fenêtre au clair de lune découpe, chaque soir, un peu plus de l'image d'Émilie, au regard du jeune homme.

À mesure que cette image en robe rose se rapproche, Gabriel a le désir plus aigu d'en voir la fin, avec les petits pieds au bas de la robe, franchissant la fenêtre.

Le tricot est terminé ! Émilie s'est surpassée. La robe est un bijou, juste à sa taille, à la fois précieuse comme une robe de gala et simple comme une parure de longs cheveux.

Elle avait si hâte, elle aussi, que dix bons rangs manquent bien au bas de la jupe, lorsque, fiévreuse, elle rabat les mailles.

L'accordéon se tait quand Gabriel approche une échelle de la fenêtre et s'empare à bras-le-corps de la jeune fille tremblante. Toute la robe corail est là, et toute la petite fille dedans, avec ses jambes fines au bas de la jupe écourtée.

Sans avoir eu besoin d'apprendre, Émilie a passé ses bras autour du cou de Gabriel qui, doucement, la dépose à terre. Mais il la reprend aussitôt, comme si cela le gênait de l'avoir distincte de lui, ainsi qu'au temps où ils étaient deux paysages séparés sur la terre. Elle, à la fenêtre, en offrande ; lui, en bas, sur l'herbe, en appel.

À travers champs, sautant les clôtures et les ruisseaux, il l'emmène dans la forêt. Elle a peur, ferme les yeux, et lui va de plus en plus vite, excité par le parfum de ces cheveux qui le frôlent.

Après avoir suivi un chemin qui servait au charroyage du bois, l'hiver, ils s'arrêtent dans une clairière, dernier chantier des bûcherons. Tout autour, des sapins rouges, des troncs brûlés. Par terre, les souches ont l'air disposées pour quelque conseil de grands chefs sauvages ou d'animaux fabuleux.

Il l'a portée longtemps sans être fatigué ; et, s'il se sent un peu essoufflé, c'est parce que ça bat si fort dans sa poitrine !

Qu'elle est légère, et souple comme un cierge ! Il semble au jeune homme qu'il a donné à jamais au corps fragile la forme de ses bras qui l'ont porté. Ainsi le cœur frais d'Émilie s'est réchauffé, appuyé sur Gabriel, en se déformant comme la cire que touche la flamme.

Le jeune homme étend à terre des branches de sapin toutes résineuses et ajoute, par-dessus, son makina à carreaux noirs et rouges. Il y dépose Émilie dont les yeux ne s'étonnent de rien et s'émerveillent de tout.

Les instants ont des couleurs, des parfums, des touchers, des lumières, mais ils n'ont pas de contour, ils sont sans limite, flottants comme des brumes.

Les rayons de la lune convergent, tout blancs, entre les arbres, vers la clairière ; le sapin embaume à travers cette étoffe qui est à Gabriel.

Il la presse contre lui, elle se serre contre lui ; tous les deux, sans feinte, entièrement engagés, entièrement livrés.

Ainsi va leur tendresse, une longue nuit.

Au matin, rien n'a bougé, si ce n'est l'ombre. Tout est à la même place ; eux aussi.

Tout est encore possible ; on pourrait recommencer ce soir.

Les mêmes couleurs, les mêmes parfums, mêlés aux mêmes touchers et aux mêmes lumières, seraient conviés à la fête. Mais Émilie a la vague impression que son bonheur ne résistera pas au jour, comme ces vagues blanches que perce le soleil et qui flottent, toutes déchirées avant de disparaître. Instants sans contour, qu'on croyait tenir !

Émilie frissonne malgré sa robe de laine. Gabriel a remis son makina. Il paraît soucieux, pressé de rentrer.

Les jeunes gens marchent côte à côte. Il ne la porte plus dans ses bras, et les pieds d'Émilie tournent dans les ornières.

Il a l'air tellement éloigné d'elle qu'on dirait que la seule chose qu'il garde de leur nuit ensemble dans la forêt, c'est ces marques éphémères d'étoiles repoussées, faites sur sa peau par les branches de sapin.

Ce ne serait rien d'être revenu, à l'aube froide et mouillée, si seulement, après la séparation, l'on avait le temps de réaliser un peu ce que ça peut signifier la séparation après cette connaissance et cette union qu'on a eues.

Non, l'on n'a pas le temps d'écouter les pressentiments de son cœur ; il faut déjà retourner à l'atelier.

Jadis, on accusait Émilie de n'avoir pas d'expression ; et, maintenant qu'elle a acquiescé à son être, il lui faut tout de suite se composer un visage pour faire cette rentrée en public, si pénible après qu'on a été si vrai.

Émilie voudrait donc pouvoir se terrer quelque part et ne pas reparaître devant ses compagnes ! La jeune ouvrière sent que jamais plus elle ne pourra passer inaperçue comme auparavant. Ne verra-t-on pas le relief nouveau de sa bouche (cette forme des baisers) et cette attitude des yeux, enfin habités, mais fermés comme des fontaines dont on craindrait la profondeur ?

Dès qu'Émilie franchit la porte, elle se trouble et les images prennent cette forme inconsistante et brisée des reflets dans l'eau que ride le vent.

D'abord ses compagnes, qui l'accaparent, la questionnent et la dévisagent avec avidité.

Et, soudain, Marcelle dit à Émilie, en lui tendant un paquet :

— Tiens, c'est pour toi ; c'est le gars qu'est venu l'autre jour, qui a laissé ça tantôt ! Il paraît qu'y s'en retourne dans son village ; car, à «placoter» comme ça, y dit qu'y lui restera à peine de quoi acheter un collier de pimbina à sa fiancée, au retour !

Les rires ressemblent à un orage de petite grêle aiguë, dégringolant sur Émilie.

— Montre voir ce qu'y a dans le paquet ? reprend Marcelle.

Émilie ne se défend pas, elle n'a rien à défendre : quelqu'un l'a toute prise.

— C'est-y vrai qu'y allait sous ta fenêtre te faire un concert, les soirs de lune ? Réponds donc, Émilie ! Depuis le temps qu'on te croyait nitouche, t'en es une belle tout de même !

Émilie ne répond pas, elle n'a rien à répondre : quelqu'un a tout pris, jusqu'au son de sa voix.

— C'est un miroir ! Regarde, Émilie.

Émilie tressaille. Un miroir, elle qui en voulait tant un ! Mais pourquoi se connaître, maintenant qu'il ne la reconnaît plus ?

Marcelle tend la glace, toutes se pressent, pressant Émilie avec elles.

Émilie pour la première fois fait la rencontre de son visage... Et elle s'est aperçu qu'elle pleurait.

Madame Grospou, personne pratique, a résolu de simplifier les choses en remettant tout de suite Émilie à la seule place qui lui convienne : celle de tricoteuse.

— Vous me recommencerez cette robe, elle est cent fois trop petite ! Et que, à l'avenir, pareille « distraction » ne se renouvelle plus... Tricotez ! Vous êtes au monde pour cela !

Émilie a repris la robe corail. Un espoir lui reste. Qui sait si cette laine ne garde pas encore dans ses mailles serrées un peu du rêve qui accompagnait sa métamorphose ?

La jeune fille détricote avec nervosité, mais les mailles ne rendent rien. Émilie comprend que la laine délivrée, c'était plutôt elle-même délivrée.

Elle ne se sent pas le courage de continuer sa tâche asséchée... ni de tricoter un autre rêve.

Par les chemins elle va, s'engageant dans les fermes. Les foins, les lavages, les jardins, les champs, nulle besogne ne semble lui être assez rude.

Oh ! se meurtrir les mains et tout le corps, afin de goûter ensuite cette lassitude et ce lourd écrasement ! Se perdre dans le travail, après s'être douloureusement retrouvée pendant une semaine : juste le temps de la robe corail.

Mais, une fois qu'on a commencé de vivre, ça n'en finit plus.

Émilie a beau vouloir s'anéantir, en elle ne peut s'effacer cette rencontre avec son âme, alors qu'elle s'est aperçue qu'elle pleurait.

Le travail n'a pu tuer le loisir du cœur. Émilie garde encore intactes en elle l'attente, et la foi au miracle.

Alors, un jour, elle a senti que son âme se tenait toute tranquille. Émilie s'est aperçue qu'elle priait.

(Automne 1938)

Le Printemps de Catherine

Labours de printemps, semis de printemps, air, fleurs, oiseaux familiers. Nous aspirions au printemps coutumier. Plus ou moins de pluie, pas toujours la même mesure de soleil, mais un sol identique, une promesse à peu près semblable, plus ou moins exactement tenue en poids, mais d'espèces connues et serviables. Or, voici que l'ennemi est venu brouiller les graines, semer l'ivraie, tracer ses propres sillons, contrariant le sens que nous donnons à nos cultures. Pour ses abatis, il brûle sans vergogne des choses qui nous sont précieuses et chères.

Sur son passage, il allume, un à un, les villages, les villes, les forêts et les arbres, au long des routes. Pour quel dieu ces cierges affreux, sans douceur de cire, aux fumées noires, aux craquements de bois et de pierres ? Et nous, quelle part aurons-nous au feu ? La flamme sourdra-t-elle de nous en gerbes vers le ciel ? Que restera-t-il de nous, de nos enfants, de nos œuvres, de tous nos fruits mûrs, verts ou pourris ? Nul discernement, nul choix ; le pays entier connaîtra-t-il l'épreuve du feu ? Notre Dieu chrétien est-il endormi ? Nous faudra-t-il un fakir de foire pour nous guider au cours de ce règne de fer et de feu ? Pour qu'un sacrifice porte et donne sa vertu, il faut que le germe de la vie ne soit pas détruit et puisse rejaillir au dehors de ses blessures salvatrices. Quelle rédemption attendre de l'horreur qui nous déforme, de toute la violence de son génie noué à même notre printemps ? Ses graines sont dans ce vent qui autrefois nous apportait les parfums des pommiers, des pêchers et des pruniers en fleurs. La peur, la lâcheté, le désespoir, la haine fructifient en nous, d'une poussée brusque, totale, envahissante qui, en un instant, se dispense de tout le processus établi des lentes évolutions de nos vies habituelles.

Il y en a parmi nous qui ferment les yeux, qui s'obstinent à ne pas croire à autre chose qu'aux gestes de la vie quotidienne, comme si ces pauvres gestes gardaient encore quelque pouvoir pour conjurer l'ordre nouveau qui s'avance. On s'entête à retenir de force ce qui est révolu. L'un se cramponne à ses champs, ne voulant voir que la saison des champs et non cette aigre saison qui est sur nous. Une autre se fortifie en son ménage de printemps, décrété pour cette époque de l'année par les traditions millénaires. Peut-être espère-t-elle, cette femme, réussir à faire le foyer si brillant, si pur, qu'il saura bien dépasser les armes en prestige et en éclat ?

Le père Jean a hersé son sol comme si de rien n'était. Il fait la sourde oreille aux lamentations de sa femme qui, elle, n'espère plus le salut qui viendrait de la terre fraîchement remuée. Elle ne croit plus à aucun salut émanant du travail de ses mains, ses mains noueuses, mais si connaissantes. La science de ses mains, de toute sa vie besogneuse ne sert à rien. Les mains de la vieille Sophie apprennent leur première inaction, leur première défaite. Un jugement est porté sur les mains de Sophie, leur œuvre est déclarée inutile, vaine, trompeuse. Sophie contemple ses mains étendues à plat sur sa robe noire. Ses mains sont condamnées. Elle a mis sa robe noire des dimanches et des fêtes, de toutes les fêtes de deuil ou de joie. Cette robe noire, ce bonnet blanc, voilà ses derniers efforts pour présenter au jour d'aujourd'hui un visage moins inconnu ; l'air solennel d'un malheur fièrement porté selon le cérémonial qu'il faut.

Une des plus tenaces dans son aveuglement volontaire, c'est sûrement madame Pichon. Elle a fait poser des housses sur tous ses fauteuils. Ensuite, après le départ de sa bonne, elle a elle-même distribué, d'une façon précise et sans précipitation, la naphtaline, là où il le fallait. Ses mains grasses, aux bagues variées, vérifient le compteur, les robinets, la cave à vin, l'eau des canaris, l'étiquette des pots de confitures, baissent les stores, arrosent le géranium, recueillent toutes les clefs.

Puis, comme son mari dit, en toussant un peu et en essuyant son lorgnon : « Eulalie, il faut partir, nous ne pouvons plus tarder, maintenant… » madame Pichon relève la tête et commande à ses yeux un regard réglementaire, celui très lucide, méthodique, minutieux qu'elle a toujours laissé filer sur la maison, avant son départ annuel pour la mer. Tous les meubles et objets domestiques sont entrés suivant leur ordre parfait en la mémoire ménagère de madame Pichon. Cela n'a pas paru sur son visage qu'il ne s'agissait pas d'un départ comme les autres. Seulement, plus tard, quand elle sut que jamais plus elle ne reverrait la maison saccagée, détruite, à la profondeur où elle retrouva en elle tous ses meubles, ses chambres, corridors, papiers-peints, rideaux de guipure, couvre-lits crochetés, portraits de famille (pas un bibelot ne manquait, même pas sa couronne de mariée sous la cloche de verre, et, accroché au mur, le diplôme du fils tué à la guerre) madame Pichon comprit qu'il s'était agi d'un adieu.

Le pharmacien continue son travail, en sarrau blanc, les sourcils froncés. Lui, il n'a plus foi en la vitalité des anciens rites. Ces rites sont bien perdus. Leur puissance éventée. Le pharmacien est dans l'âge nouveau, débordé par les exigences insatiables de l'âge nouveau. Il n'a pas assez de remèdes, d'onguents, de coton hydrophile pour tous les blessés, ceux d'ici et ceux qui viennent de partout.

À côté du pharmacien, qui veille jour et nuit, vidant ses tablettes sans recours, sa petite fille prépare la charpie et les pansements, de ses doigts d'écolière, soudain pénétrés de leur première gravité.

Blessés d'ici, de la route ou d'ailleurs, à chacun son pansement bien blanc. La petite fille du pharmacien, les sœurs de l'hôpital déchirent de longues bandes dans les draps, les nappes, les rideaux, les surplis du curé. Quand il n'y aura plus de linge blanc, nulle part dans le village, le curé donnera la nappe d'autel. Quelle plaie suprême, immense et farouche s'ajustera donc à la vieille plaie du voile de Véronique? Quand le Christ aura donné les traits de son visage tuméfié au dernier blessé, notre malheur sera-t-il enfin consommé?

Il y a tous les nôtres qui ne sont pas encore partis parce que le voyage leur paraissait au-dessus de leurs forces. Ils ne peuvent plus rester, à présent. Ce soir, l'ennemi sera installé chez nous. Tous ceux que le secret des sombres maisons de pierre abritait depuis des années, il leur faut aussi prendre la route. Ces vieillards, ces invalides réclament au médecin et au pharmacien de quoi endormir leurs souffrances. Ils veulent leur douleur digne et droite, ne geignant pas au grand soleil qui fait cligner leurs yeux de tristes hiboux.

Le bourg se vide et se reconstitue sans cesse ainsi qu'un cours d'eau. Ceux d'ailleurs sont partout mêlés à nous. Jusque chez la patronne du bistro, qui ne passe pas pour hospitalière et maintient ses prix les plus hauts, pour une nuit de bombardement à l'abri de sa cave.

Sa servante, la Catherine (la Puce, comme on l'appelle) doit partager sa mansarde exiguë. Il y a trop de monde en bas.

La nouvelle arrivée s'appelle Nathalie. Chassée de son couvent par l'envahisseur, c'est une toute jeune sœur aux yeux effarés, aux cheveux roux, tondus, aux taches d'or sur un visage enfantin.

Depuis des nuits que Catherine, du haut de son réduit, contemple l'or fauve, le rouge, l'éclatement puissant des gerbes de feu ! Chaque nuit, elle y lit avec ravissement les signes superbes de la fin du monde. Et, voici que la petite nonne, tremblante, est devant elle, échappée des murs, des règles, des grilles, gardant ses trois vœux au cœur comme un viatique. Trois vœux fraîchement prononcés et paraissant déjà dévalués, inutiles, en ce monde étranger.

Le pays s'écroule, les couvents ne retiennent plus leurs filles qui courent telles des égarées. « Ah ! que tombent toutes les grilles et les murailles et que je m'échappe aussi ! » pense Catherine. Elle éprouve dans tout son être une circulation sauvage qui bouillonne, la glace et la brûle. Sur sa face blême, rien ne transparaît. La délivrance est assurée et nous allons goûter à ce temps qu'il fait, à ce printemps qui pousse si dru sur le monde !

— Vous prendrez la place de la Puce ! a dit la patronne, en faisant sonner dans sa main la médaille d'argent qu'elle a réclamée à Nathalie, en guise de loyer pour son gîte.

La Puce n'a rien dit; mais, dans son étroite poitrine, elle a senti tressaillir une telle violence que, pour la première fois, elle a été vengée du mal atroce qu'on lui a fait depuis toujours.

Nathalie dit, d'une voix faible qui psalmodie les phrases :

— Je ne veux pas prendre votre place, mademoiselle, oh non ! vous êtes trop bonne… Je coucherai à terre sur la dure… cela me rappellera la croix de Notre-Seigneur…

Catherine n'a jamais fixé quelqu'un en face. Ses yeux enfoncés sous l'arcade sourcilière proéminente couvent leur feu mat. Elle observe la religieuse sans voile ni cellule, et lui lance des regards durs, à la dérobée.

Catherine est de taille minuscule, ses épaules dépassant à peine le comptoir derrière lequel elle a lavé des verres depuis le commencement de ses souvenirs. Souvent, les hommes, pour se moquer, feignant de croire que la tête de la Puce n'était que le prolongement du comptoir, posaient sur ses rares cheveux noirs leurs bocks vides, en demandant avec de gros rires :

— De la bière, petit comptoir ! Hé ! La Puce ! Sers-nous, avorton !

Ce soir Catherine sent qu'elle devrait essayer d'étirer sa taille jamais dépliée, comprimée par la peur et la fatigue. Elle voudrait relever sa tête courbée sous la honte et l'humiliation quotidienne. Catherine se rappelle une toute petite vipère qui se dressait sur sa queue, la langue sortie de toute sa longueur, réussissant ainsi, à force de passion et d'audace, à avoir l'air terrible et grande. Mais, Catherine ne pourra jamais s'allonger, se détendre, s'avouer en toute quiétude. Le pli est pris, sa croissance interrompue. La Puce gardera ses épaules d'enfant battue, son regard oblique, sa tête basse, son air rampant et servile. Pour ses premières paroles libres, elle a le ton bas, la voix hésitante, les yeux à terre, les mains moites, l'air furtif et coupable : tout l'appareil ordinaire de sa servitude et de sa crainte. Le seul indice extérieur pouvant trahir sa métamorphose profonde se remarque, par moment, dans sa voix, se plaçant sur un mot, au hasard, le détachant du reste, lui donnant un son rauque, grincé, où tremble la haine.

— Pas tant de simagrées ! Vous savez bien qu'on m'appelle pas mademoiselle... C'est la Puce que je suis... Inutile de m'entortiller... Je connais ça... Ousque je couche c'est quasiment le plancher, mais c'est ma place, comme vous dites. Y a toujours ma couverture, même que c'est l'ancienne des chevaux, quand elle était encore bonne. Je la garde, c'est mon droit. Vous, votre droit, vous en avez pas, c'est la croix, comme vous dites...

Nathalie pleure en s'endormant d'épuisement sur le bois plein de nœuds et d'échardes qui ressemble tant à un autre bois non poli.

Elle serre contre son cœur sa petite croix de profession. Nathalie récite à plusieurs reprises, lentement, le seul « Notre Père », en insistant sur les mots « Que votre volonté soit faite » et « Délivrez-nous du mal ».

Catherine, elle, a les yeux secs, recouverts des creuses paupières bistrées. Elle ne prie pas, mais tout son être révolté crie : « Délivrez-moi de mon pain quotidien ! Que je touche au mal, puisque c'est la seule brèche par laquelle je puisse atteindre la vie ! »

Ce matin, le maire a donné l'ordre formel et définitif d'évacuer le bourg grossi et renflé qui éclate.

Ce matin, le peuple est dehors. Le peuple est jugé. Le bourg fait l'inventaire de ses honnêtes gens. Ils sont beaux !

Le bourg, la campagne se mettent en marche. Ils prennent la file avec les autres bourgs, les autres campagnes et les villes aussi. Le pays tout entier recense ses habitants.

Nous sommes vaincus. Nos traits sont brisés. Nous sommes libres. Chacun quitte sa geôle, sa cuirasse, son étui, ses habitudes, ses conventions, ses manies, ses meubles, sa maison, son jardin, sa terre, sa famille. Tous ces libérés en vrac sur la route, ils cherchent leurs liens.

Ils voudraient rentrer dans leurs anciens liens. Ils se lamentent d'être libres.

Les maisons ouvertes par grands pans laissent voir leurs intérieurs. Le salon complet du maire est en vitrine. Les hommes également découvrent le fond de leur cœur. Déjà, parmi tous ces bourgeois irréprochables, ces braves paysans, ces bonnes dames du patronage, se choisissent des lâches, des traîtres. En temps normal, on n'aurait jamais su. Les vraies valeurs sortent au jour. Les hommes sont passés au crible. Pouah ! ils sont sales, mesquins, égoïstes ! Un homme vole les fruits d'un enfant qui pleure. Un grand garçon renverse sur son passage une vieille femme qui l'empêchait d'avancer. Toutes sortes de classements se font au long du trajet. Déjà les vieux, les infirmes, les femmes enceintes sont rangés au bord de la route qu'ils obstruent autant que les morts.

Au départ, il persiste bien encore quelques efforts isolés pour conserver les castes vétustes. Madame Pichon voyage en voiture, sa cage de canaris sur les genoux ; et Nina, la fille de la patronne du bistro, file sur sa bicyclette, abandonnant Nathalie qui la supplie de l'emmener.

Un peu de temps encore, et nous serons tous à pied et tous égaux. Le manque d'essence fera bientôt des Pichon nos parfaits partenaires. Et Nina nous regardera de haut, tant qu'un garçon solide ne l'aura pas jetée à terre en lui volant sa bicyclette.

Les maîtres sont partis. Personne ne s'occupe de Catherine. Après l'avoir asservie, déformée, on la relâche dans la vie, puisqu'on n'a plus besoin d'elle.

Ce qui unissait Catherine à ses maîtres c'était : « Catherine, lave les verres sales ! » « Catherine, demeure tout ton été dans la vapeur, l'odeur de la vaisselle graisseuse, des pipes et des buveurs attablés. » « La Puce, passe ta bronchite à lessiver à la rivière ! » « La Puce », « sale petite bête », « insecte », « enfant trouvée », « fille du vice». «Catherine, deux robes pour toute ta vie, c'est bien assez; tu grandis pas, microbe!» «Catherine, la tête et les yeux du poisson, c'est suffisant pour ton dîner. Tu n'as pas de famille, tu es dans le chemin et on te donne ta pâture ; sois reconnaissante au moins ! » « La Puce, quelques heures de sommeil, c'est bien assez pour une carcasse de ton genre! » «Couds, quand les clients seront partis et que tout sera rangé et lavé, il faut que la Nina ait sa robe demain, pour la fête du notaire! »

La Puce, dont nul ne se soucie plus, a pris sa place anonyme dans la procession d'êtres humains, d'animaux et de vieilles ferrailles détraquées.

La Puce est seule dans un monde horrible, mais elle est disponible. Elle hume son premier printemps. La fumée ternit le soleil, les prairies sont ravagées. Catherine pose son premier printemps, sa première journée au monde. Sous son silence éclate une espèce de chant intérieur :

« Je m'appelle Catherine de l'Assistance. Depuis mon enfance que je suis cette figure exsangue, derrière les joueurs de cartes du bistro. Je faisais partie du mur crasseux, des tables grasses. Je m'en suis échappée. Le cadre est à terre. Je suis sortie de mon cadre, image enfin nue et seule. Ô l'image que je suis ! Poitrine creuse, une étrange figure avec un immense front osseux et bombé. Le reste de mon visage est ravalé, diminué, mon front prend toute la place. On m'a déjà dit que j'avais une tête de mort. Je crois que c'est vrai, à cause des yeux enfoncés, surtout du front excessif, mais des cheveux aussi, tirés, lissés, épousant comme une laque noire la forme de mon crâne. Sous la peau tendue, transparente de la face, la présence visible des os.

«Mon âge ? Puis-je savoir exactement ? Les années sans trêve ni joie ont été si bien jointes les unes aux autres. Aucun point de repère. J'ai encaissé les coups, les injures, le travail… Ô cours égal des jours comme une unique journée épouvantable ! Et voici que je rencontre mon printemps. Je n'en ai pas connu d'autres, et celui-ci est à ma mesure.

« Cette femme qui tombe. Je me souviens de l'évangile : « Malheur alors aux femmes qui seront enceintes ! » Moi, la femme séchée comme une vieille algue, la Puce, méprisée, bafouée, je lui crie : « Maudite sois-tu ! » Je suis vacante, moi, la plus dépouillée d'eux tous. La plus parfaite pauvreté, c'est moi. La plus offerte à ce temps impitoyable, c'est moi. Sans argent ni beauté, sans enfant au ventre ni personne au cœur, je passe où d'autres accrochent. Mes yeux perçants ne perdent rien de cette vision suprême du monde ! »

Il faudrait courir, car l'ennemi est sur nos talons, sur nos têtes. Tout ce que nous traînons nous gêne et nous appesantit. Les avaricieux, les sentimentaux bientôt ne pourront plus avancer. Ils crèveront sur leurs trésors.

Catherine n'a jamais eu de trésor. Elle a cessé de respirer furtivement, comme en fraude. Elle marche sans s'arrêter à rien ni à personne. Ses narines se dilatent pour recevoir leur pleine capacité d'air, essence même de ce jour qu'aucune autorité ne pourra l'empêcher de savourer.

Il n'y a plus d'autorité. L'autorité est morte, corrompue par le centre, pareille à tout le reste.

Nous sommes vaincus. Nos traditions orgueilleuses et fragiles sont vaincues. Nous sommes au paroxysme de la liberté. Ils ne le savent donc pas ces fous qui vont se battre, poitrine nue contre l'acier ? Voyons, messieurs les soldats, tout le monde est affranchi ! Il n'y a plus ni maîtres ni serviteurs, ni pères ni fils ; pourquoi les soldats ne seraient-ils pas aussi relâchés ?

Nathalie pleure sa délivrance. Elle pleure sa règle qui la tenait, la dirigeait, la faisait agir promptement et sûrement. Les trois vœux en son cœur d'enfant n'apportent pas de secours. La prière n'a plus d'heures solennelles ni de recueillement. Alentour, des cris primitifs, des plaintes inconsolables.

« Ô règle qui me soutenais et devais m'acheminer doucement vers le Dieu dont j'ai préféré le service à tous les autres services offerts à la femme. Mon Dieu, est-ce de vous cette journée de désordre? Ce ne peut être un jour de vous. C'est un jour sans pôle. La Terre désaxée est sortie de son orbite. Nous sommes précipités pêle-mêle hors de la planète humaine sur laquelle demeurait en son centre la cicatrice d'une croix. »

Nathalie, timidement, suit Catherine qui feint de ne pas la voir.

L'ennemi est derrière nous, au-dessus de nous. Il est aussi devant nous, maintenant. Nous avons beau le fuir, il est devant nous. Tout autour de nous. Il nous presse de tous côtés à la fois. Nous n'y échapperons pas.

Il nous barre la route. Continue, la Puce, sans difficulté, il ne te retient pas, chétive créature noire au front démesuré. Mais, Nathalie, il l'a vue venir de loin. Il l'attendait : «On ne passe pas, la belle, sans payer le droit du vainqueur ! »

Nathalie, agnelle tondue et consacrée, voici l'heure du sacrifice auquel tu étais destinée depuis le partage des parts, de toute éternité. Le conquérant t'emporte, malgré tes ongles et tes dents, ligotée en ses bras de colosse, frêle butin de guerre, petite proie rousse, pivelée d'or.

Catherine avance toujours, sans regarder en arrière; elle entend les cris de Nathalie et se souvient de tous ces rires de femmes qui se sont acharnés sur sa minable petite personne : «Qu'une paye pour les autres ! C'est justice ! »

La Puce n'a plus ni pain, ni eau, ni force. Le soir tombe. Ses pieds brûlent et saignent. Non loin d'elle, un vieillard boit du vin à même une bouteille. Elle ne demandera pas la charité. Se rendre au bout de sa misère et crever sans rien devoir à personne. La Puce en est bien capable. C'est sa fierté, son honneur.

Au milieu d'un champ, une grange pleine de foin et de paille. Catherine coule ses membres brisés dans ce foin odorant qui craque. La nuit est là. Le printemps d'autrefois suinte tout de même jusqu'à nous, quand les clameurs s'apaisent, par intervalles. Plus de bruit d'avion, de bombe, plus de cris. Les insectes nocturnes au cœur noir de la nuit ont repris l'ancien droit de nous envelopper de leur rumeur métallique. Leur susurrement tisse une toile murmurante autour de l'abri de Catherine.

Douceur d'une nuit de printemps. La Puce n'a ni vaisselle à laver ni plancher à frotter. Elle n'entendra pas la voix de Nina au bras de son amoureux lui crier : « Hein ! la Puce, une belle soirée pour l'amour ! Rassure-toi, tu seras jamais assez belle pour cela ! »

Odeur d'herbe sèche, face blanche et mouillée de sueur qui brille dedans, d'un pâle vert lunaire. Pauvre lumière blafarde, dans ton rayonnement vient vers toi le premier homme.

Il est ivre. Il a l'air d'un enfant qui a attrapé un coup de soleil. La Puce, il te voit mal. La blancheur de ton visage vacille devant ses yeux troubles. Il te donne du vin et du chocolat. Il te déshabille. Tes hardes noires te collent à la peau. Ses mains sont gauches et molles. Son cerveau illuminé transfigure ton corps de paria. Tu ne sais pas quelle princesse tu fus, le temps d'une étincelle !

Le lourd sommeil gagne l'amant, tout de suite.

Cris de bêtes et d'hommes. Champs éventrés. Ah ! la moisson sera étrange ! Voici le jour des semailles, et je frissonne !

Catherine ne dort pas. Elle épie le sommeil d'ivresse à côté d'elle. Le soldat est extrêmement jeune, dans son uniforme vert. Parfois, il sourit en dormant. Ses dents sont petites et blanches.

Le matin bouge au ciel. L'homme se retourne. Il cherche sa compagne, d'un geste de son bras endormi.

Catherine est debout. Elle regarde le garçon, pour la dernière fois. Il est si beau, si jeune. Non, c'est impossible, il ne me verra pas, dégrisé. Je n'entendrai pas le son de son rire humilié, quand il m'apercevra et constatera sa méprise. Il ne saura pas qu'il a étreint la Puce à la tête de mort, la risée et le dédain de tous.

Le couteau brille aux mains de Catherine. Elle a déjà saigné des bêtes. C'est chaud, gluant, mais ça se fait.

Quelle place choisir dans ce corps abandonné, musclé et tendre ? Pas la poitrine où j'ai posé ma tête ! La gorge ! C'est plus facile.

Elle enfonce le couteau jusqu'à la garde. Le sang gicle sur elle.

Soudain, Catherine a vu un œil bleu qui s'est ouvert, étonné plus que terrifié. Un œil d'enfant, si bleu. La main de Catherine tremble.

Dans cet œil bleu qui se fige pour toujours, un instant elle a vu luire je ne sais quelle enfance, jardin d'où elle demeure à tout jamais chassée.

(Hiver 1946-1947)

La Maison de l'esplanade

Stéphanie de Bichette était une curieuse petite créature, avec des membres grêles et mal fignolés. Une guimpe empesée semblait seule empêcher de retomber sur l'épaule la tête trop pesante pour le cou long et mince. Si la tête de Stéphanie de Bichette se trouvait si lourde, c'est que toute la noblesse et le faste de ses ancêtres s'étaient réfugiés dans sa coiffure. Une coiffure haute, aux boucles rembourrées qui s'étageaient sur son crâne étroit, avec la grâce symétrique d'une architecture de douilles d'argent.

Mademoiselle de Bichette était passée, sans transition, sans adolescence et sans jeunesse, de ses vêtements d'enfant à cette éternelle robe cendrée, garnie au col et aux poignets d'un feston lilas.

Elle possédait aussi deux ombrelles au manche d'ivoire travaillé; une ombrelle lilas et une autre cendrée. Pour ses promenades en voiture, elle faisait alterner, selon le ciel, l'ombrelle lilas avec l'ombrelle cendrée. Et toute la petite ville savait le temps qu'il faisait, grâce à la couleur de l'ombrelle de mademoiselle de Bichette. L'ombrelle lilas indiquait les jours resplendissants et l'ombrelle cendrée les ciels quelque peu nuageux. L'hiver et quand il pleuvait, Stéphanie ne sortait jamais.

Si je vous ai parlé des ombrelles de mademoiselle de Bichette et de l'autorité dont elles jouissaient pour annoncer les nuances de la température, c'est que je veux insister sur le fait que ces deux ombrelles n'étaient que les signes extérieurs d'une vie bien ordonnée.

Oh! à la vérité, la vie de mademoiselle de Bichette se montrait un édifice parfait de régularité. Une immuable routine soutenait et sustentait la vieillotte et innocente personne. La moindre fissure à cette extraordinaire construction, le moindre changement à cette discipline établie auraient suffi à rendre malade mademoiselle de Bichette.

Heureusement que la vieille fille n'avait jamais changé de femme de chambre ! (C'est des choses qui arrivaient, dans ce temps-là…)

Géraldine, ainsi s'appelait la femme de chambre, soignait et servait sa maîtresse, tout en témoignant un respect admirable de la tradition.

Toute la vie de mademoiselle de Bichette était une tradition, ou plutôt une suite de traditions. Il y avait, outre la tradition des ombrelles et celle de la fameuse coiffure, la tradition du lever, celles du coucher, de la dentelle, des repas, etc.

Stéphanie-Hortense-Sophie de Bichette habitait, face à l'esplanade, une maison de pierre de taille, datant du Régime français. Vous savez bien, une de ces maisons hautes, étroites, avec un toit pointu garni de plusieurs rangées de lucarnes, dont les dernières perchées sont à peu près grosses comme des nids d'hirondelles. Cela implique aussi deux ou trois greniers à l'intérieur, ce qui n'est pas à dédaigner pour une vieille fille ! Mais mademoiselle de Bichette, croyez-moi ou non, ne montait jamais dans ses greniers s'attendrir sur des souvenirs, caresser de chères vieilleries, organiser des ménages minutieux et insensés, tout en respirant cette odeur de papier jauni et de renfermé que sentent tous les greniers, même les mieux tenus !

Elle occupait le corps de la maison, c'est-à-dire à peu près une chambre par étage. Au quatrième, la chambre de Géraldine demeurait seule ouverte, à côté des anciens appartements des domestiques. Cela faisait partie de la tradition de condamner les pièces, à mesure qu'elles ne servaient plus. On avait ainsi successivement condamné la chambre des petits frères, morts de la scarlatine, alors que Stéphanie était à peine âgée de dix ans ; celle de la mère, décédée peu après ses enfants ; celle d'Irénée, le frère aîné, tué dans un accident de chasse ; celle de Desneiges, entrée chez les Ursulines ; ainsi que la chambre du père, disparu après une longue maladie ; sans oublier la chambre de Charles, fermée depuis son mariage.

Toujours le même rite s'accomplissait : l'occupant de la chambre parti pour le cimetière, le couvent ou l'aventure matrimoniale, Géraldine rangeait la pièce, en ayant soin de tout laisser dans la même disposition. Elle rabattait les persiennes, posait des housses aux fauteuils et fermait la chambre à clef. C'était fini. Personne n'y mettait plus les pieds. Un autre membre de la famille se trouvait définitivement classé.

Géraldine prenait plaisir à cette solennelle et méticuleuse désaffection, tout comme un fossoyeur peut en avoir à aligner des tombes et à bien ratisser les tertres.

Parfois, Géraldine pensait qu'un jour il lui faudrait aussi fermer la porte de la chambre de mademoiselle Stéphanie et rester, quelque temps, seule vivante parmi les morts. Elle entrevoyait ce moment, sans horreur, avec une certaine délectation, ainsi qu'un repos, une récompense. Après tant de laborieux ménages dans cette grande maison, enfin toutes les chambres seraient fixées dans un ordre éternel. La poussière et le moisi pourraient recouvrir les meubles, Géraldine n'aurait plus rien à nettoyer là-dedans. La chambre des morts ne se fait pas.

Ce n'était pas là calcul de paresseuse. Géraldine rêvait de la dernière porte poussée et de la dernière clef passée au trousseau ainsi que le laboureur songe à la dernière gerbe et la brodeuse au point final de sa tapisserie. Cela signifiait pour Géraldine le couronnement suprême de l'œuvre pleinement accomplie et la réalisation de son destin de femme de chambre.

Il était curieux de voir que la vieille bonne englobait, parmi les défunts, deux vivants : mademoiselle Desneiges, la religieuse, et monsieur Charles, époux et père de famille. Tous deux ayant quitté le foyer paternel, cela suffisait pour que Géraldine les comptât comme inexistants. Ils ne gardaient plus rien de commun avec la vie de cette maison. La lourde porte du cloître s'était à jamais refermée sur mademoiselle Desneiges. Quant à monsieur Charles, du fait de son mariage avec une petite couturière de la Basse-Ville, il mécontenta si fort son père que celui-ci légua la vieille demeure à Stéphanie.

Charles venait chaque soir chez sa sœur. Géraldine ne lui adressait jamais la parole. Pour elle, Stéphanie était toute la famille de Bichette.

Au troisième étage, les portes demeuraient closes, excepté celle de mademoiselle de Bichette. Au deuxième, seul le petit boudoir bleu vivait de sa vie effacée et désuète. Au premier, s'étendait un salon, profond et embarrassé de meubles hétéroclites, eux-mêmes hérissés de bibelots aux formes inquiétantes et multiples. Tout le rez-de-chaussée gardait béantes ses portes de chêne sculpté ; antichambre, salon, salle à manger. Au sous-sol, restait l'antique cuisine, humide et inconfortable.

Géraldine était aussi cuisinière, mais n'en portait pas le titre.

Si sa maîtresse avait le culte de la tradition, elle Géraldine, possédait celui des boutons de couleurs brillantes. Sa jupe noire et son tablier blanc étaient toujours réglementaires ; mais, pour ses blouses, elle témoignait de plus de fantaisie. Des boutons rouges garnissaient les blouses bleues, des jaunes, les blouses vertes, etc. et à l'infini, sans oublier les boutons d'or, de verre et d'argent. Géraldine avait découvert au grenier des caisses de vieux vêtements qu'elle dépouillait sans vergogne de tous leurs boutons.

À part cette innocente manie, la grosse fille au teint fleuri ne détestait pas de faire son tour à la cave à vin, chaque soir, avant de se coucher, consciencieusement et dévotieusement.

Mais où Géraldine se montrait admirable, c'était dans l'observance de la tradition à l'égard de sa maîtresse.

Chaque matin, à sept heures, l'été, et à huit heures, l'hiver, elle montait les trois escaliers et venait frapper à la porte de mademoiselle de Bichette. Deux coups d'un doigt résolu, deux coups, pas moins et pas plus. Tel était le signal ; et le cérémonial commençait de se dérouler immédiatement.

Géraldine ouvrait les rideaux du lit, les rideaux de la fenêtre, puis enfin les persiennes. La vieille demoiselle aimait dormir dans l'obscurité la plus parfaite et exigeait plusieurs doublures d'étoffe et de lattes vernies entre elle et les maléfices de la nuit. Elle craignait aussi les premiers rayons du soleil, dont on ne sait que faire, puisqu'ils vous éveillent avant qu'il ne soit l'heure de vous lever.

Ensuite Géraldine retournait chercher dans le passage la voiturette, garnie au préalable de tout ce qui pouvait être nécessaire à Stéphanie pour les premières heures de la journée. Deux pilules blanches dans un verre d'eau, du café et des rôties, une brosse à dents et du dentifrice, une baignoire de cuivre, du linge blanc et empesé. Ajoutez à cela un plumeau, un balai, un porte-poussière, enfin tout ce qu'il faut pour faire le ménage.

La voiturette était aussi large qu'un lit simple, longue de quatre pieds, et possédait trois étages. Géraldine l'avait elle-même construite avec de vieilles caisses.

Le petit déjeuner de Stéphanie terminé, la servante baignait, habillait, poudrait et coiffait sa maîtresse, qui se laissait faire, muette, inerte et confiante.

Après cela, il y avait parfois une minute de flotte-ment douloureux, une crispation angoissée dans la cervelle de mademoiselle de Bichette, quand Géraldine se penchait à la fenêtre, examinait le ciel en fronçant les sourcils et déclarait :

— Je sais ben pas quel temps qu'y va faire !

La vieille fille regardait sa bonne, d'un air si désem-paré, si perdu que la servante prenait sur elle de dire avec assurance :

— Y va pleuvoir, vous allez pas sortir à matin, je vas le faire assavoir au cocher…

Stéphanie se rassérénait, mais elle ne reprenait vraiment son assiette qu'une fois installée par Géraldine dans le salon bleu, sur sa chaise au haut dossier de bois sculpté, près de la fenêtre, sa dentelle commencée sur les genoux et son crochet entre les doigts. Alors seulement cette idée faisait son chemin dans sa tête :

« Il ne fait pas beau… Je ne puis sortir… Il ne me reste qu'à manier ce crochet et ce fil de la même façon que ma mère me l'a montré quand j'avais sept ans… S'il avait fait beau, ça n'aurait pas été pareil, je serais sortie en voiture. Il n'y a que deux réalités au monde… deux réalités sur lesquelles on puisse s'appuyer… et s'enfoncer dedans en fermant les yeux : la réalité de la promenade en voiture et celle de la dentelle au crochet… Quel dépayse-ment quand Géraldine ne sait pas encore quel temps il va faire et qu'il faut rester dans l'incertitude sans rien de

solide sous les pieds… Cela me *démantibule* le cerveau !
Oh ! ne plus penser, et se laisser emporter par ces deux
sûres et uniques réalités : celle de la promenade et celle de
la dentelle ! »

Même si la température tournait au beau, Géraldine
n'en disait rien à sa maîtresse. Le choc aurait été trop
violent pour Stéphanie. Jugez de la perturbation produite
dans l'existence d'une personne qui se croit à l'abri des
surprises, bien établie dans la réalité de la dentelle au
crochet, quand on ose lui annoncer qu'elle fait fausse
route ! C'est à ne plus croire à aucune réalité !

Mademoiselle de Bichette confectionnait, depuis
son enfance, des espèces de napperons que Géraldine
destinait aux usages les plus variés. Stéphanie connaissait
tous les secrets de ce travail et cette science lui suffisait.
Les napperons lui échappaient des doigts, au rythme égal
de quatre par semaine. Ces petits morceaux de dentelle
blanche se ressemblaient comme des frères. Il y en avait
partout dans la maison : cinq ou six sur le piano, à peu
près huit sur chacune des tables, une dizaine sur chaque
fauteuil, un ou deux sur les chaises ; et pas un des nom-
breux bibelots des chambres ne se passait de ce support
ajouré. C'est-à-dire que les meubles paraissaient
saupoudrés de cristaux de neige grossis au microscope.

L'hiver, et l'été, lorsque Géraldine avait résolu que
la température n'était pas *sortable,* mademoiselle de Bichette tricotait, toute la matinée, dans son boudoir bleu,
assise bien droite, presque irréelle tant elle était immobile, les pieds posés sur un tabouret recouvert d'une sorte
de housse ressemblant étrangement à l'ouvrage que la
vieille fille tenait dans ses mains. À midi moins cinq,
Géraldine annonçait :

— Mademoiselle Stéphanie est servie !

Ladite demoiselle se levait aussitôt ; la phrase ri-
tuelle avait touché en elle un déclic précis et bien stylé par

113

une longue habitude, ce qui lui permettait, sans effort de pensée, presque sans comprendre, de se mettre lentement et cérémonieusement à descendre l'escalier, puis de prendre place à table.

Si Stéphanie sortait, elle était de retour à midi moins quart sans faute. Elle avait donc amplement le temps de recevoir l'annonce du déjeuner avec les dispositions de calme requis.

Les sorties de mademoiselle de Bichette n'en possédaient pas moins un caractère méthodique incroyable. Elle avançait sur le trottoir, à petits pas ; toute sa frêle personne ployant sous le poids des cheveux échafaudés en multiples bouclettes. Géraldine aidait sa maîtresse à monter en voiture. Le cocher fouettait son cheval, et la calèche partait pour un calme et lent voyage, invariablement le même, à travers les rues de la petite ville.

Le cheval connaissait le chemin par cœur et le cocher en profitait pour faire un petit somme, la casquette enfoncée sur les yeux, les jambes étendues, les mains croisées sur le ventre. Il se réveillait toujours à temps, comme par magie, la promenade terminée. Il s'écriait, en s'étirant, d'un air surpris et joyeux :

— Eh ! ben, mamzelle, nous y voilà revenus encore une fois !

Tout comme si, en s'endormant au début de la randonnée, le bonhomme n'avait pas été très sûr d'être de retour au réveil, ou que ce fût en pays vivant !

Mademoiselle de Bichette, soutenue par Géraldine, disparaissait dans sa maison, le cocher dételait le cheval et remisait la voiture. Et c'en était fait. Les habitants voyaient avec regret se désassembler l'étrange équipage qui tranchait, dans la lumière du matin, de toute son apparence fantomatique ! Une vieille rosse, allant, traînant dans sa voiture surannée un cocher endormi et une espèce de petite momie en robe cendre et lilas…

Après le déjeuner, Géraldine conduisait sa maîtresse dans le grand salon du premier. Sans cesser de manœuvrer son crochet, Stéphanie recevait quelques visites, et Géraldine offrait du vin de pissenlit et des *janoises*.

La vieille fille ne quittait pas son siège, s'efforçant de garder la tête haute, malgré qu'elle eût la nuque cassée sous le poids de la monumentale coiffure. Parfois, cet effort constant et douloureux se traduisait par quelques grimaces mal retenues qui étaient les seules marques d'expression que les visiteuses pouvaient distinguer sur son petit visage poudré.

À part cela, Stéphanie demandait à ses hôtes : « Comment va madame votre mère ? » d'une voix si terne et si blanche qu'on craignait que cette voix ne sortît d'une des nombreuses chambres abandonnées, et que quelques personnes dans la ville croyaient toujours hantées par leurs anciens maîtres.

Cette phrase de Stéphanie tenait lieu de bienvenue, de salutation, d'adieu et de conversation ; à vrai dire, elle tenait lieu de tout, car le vin était aigre et les *janoises* dures comme fer. Depuis le temps que la servante avait confectionné cette collation ! Je crois même que ça datait de l'époque où le père de Stéphanie vivait encore.

Les visiteuses de mademoiselle de Bichette étaient si âgées et si tremblantes que le plus parfait étranger aurait eu le tact de ne pas poser cette question saugrenue, au sujet de la santé de leur mère ; mais mademoiselle de Bichette ne connaissait pas d'autre formule de politesse, et d'ailleurs elle n'attachait aucun sens aux paroles qu'elle prononçait.

Si Stéphanie terminait un rond de dentelle devant ses invitées, elle le laissait tomber à ses pieds, comme un caillou qui coule à pic, et recommençait sans se troubler une nouvelle et semblable dentelle.

Ces dames ne restaient jamais longtemps, et Stéphanie ne prêtait pas plus d'attention à leur départ qu'à leur présence.

À six heures et quart, Géraldine venait dire que monsieur Charles était en bas. Le programme de la journée fonctionnait comme le mécanisme d'une bonne horloge suisse, et les rouages intérieurs de mademoiselle de Bichette correspondaient exactement à ce programme, en avertissant les jambes de l'étrange petite personne d'avoir à la porter immédiatement au rez-de-chaussée.

Son frère l'embrassait sur le front. Il souriait en frottant l'une contre l'autre ses mains aux doigts boudinés :

— Hum, il fait bon dans la maison !

Puis il suspendait son paletot à une patère dans l'antichambre. Géraldine suivait tous les mouvements de Charles, d'un regard hautain et triomphant. Les bras croisés sur sa forte poitrine, elle se croyait, peut-être, l'air vengeur et impressionnant de la statue du commandeur ? Elle regardait avec mépris le paletot étriqué et usé, et semblait dire :

« Hein ! Ça devait arriver ! Monsieur Charles a voulu se mésallier avec une fille de la Basse-Ville... Monsieur son père l'a déshérité, et, moi, j'ai fermé sa chambre comme on ferme celles des morts. Si mademoiselle Stéphanie veut le recevoir tous les soirs, c'est de son affaire, mais, moi, je veux lui faire sentir que je jouis de son humiliation, moi, la servante. Je sais qu'il est pauvre et que c'est sa punition pour avoir désobéi à monsieur de Bichette. Il vient ici parce qu'il n'a pas de quoi manger chez lui. Il dévore nos provisions et garde sur sa vilaine peau de quêteux une partie de la chaleur de la maison... Gueux, va ! »

Si Charles ne mangeait qu'un seul bon repas par jour, chose étonnante il n'était pas maigre. Il était même très gras, très gras et très jaune. Sa tête chauve ne tranchait pas sur la face luisante, sans couleur aux lèvres et à peine teintée aux yeux... Géraldine disait de lui qu'il avait des yeux de poisson et que son linge sentait le graillon. À part cela, la femme de chambre ne pardonnait pas à un de Bichette d'avoir perdu la délicatesse de ses manières à table:

— De ce que cette créature a pu lui désapprendre les belles manières du beau monde, c'est pas croyable, marmottait-elle.

À mesure que l'heure du repas approchait, la joie de Charles devenait plus bruyante. Il ne cessait pas de se frotter les mains; il s'asseyait, se levait, allait de la fenêtre à la porte, de la porte à la fenêtre, sous les yeux indifférents de Stéphanie.

Puis le frère et la sœur s'installaient, chacun à un bout de la longue table de la salle à manger.

La pièce n'avait pas de bec de gaz et paraissait encore plus grande et plus profonde, éclairée seulement par deux bougies dans des chandeliers d'argent posés sur la table. Les coins de la salle se trouvaient parfaitement perdus dans l'obscurité et les ombres des deux convives dansaient comme des flammes noires sur les murs aux boiseries de chêne curieusement travaillées.

Chaque soir on aurait dit que l'atmosphère impressionnait Charles davantage. Peut-être sentait-il des présences blotties dans l'ombre, spectatrices invisibles de ce singulier repas, et craignait-il de découvrir d'un moment à l'autre les spectres qui hantaient les chambres du haut et de les voir prendre leurs places restées libres à cette grande table où présidait une petite vieille, haute comme une chatte à genoux, blanche comme du linge et qui semblait déjà participer au monde peu rassurant des êtres surnaturels.

117

Dès que le frère de Stéphanie avait avalé quelques gorgées de potage, sa bonne humeur tombait, sans vie, anéantie par le cœur. En entrant dans la maison, l'odeur du dîner qui cuisait exaltait Charles, le grisait comme une merveilleuse promesse ; et, maintenant que la promesse était tenue, l'homme devenait sombre.

À travers ses pensées amères, il regardait la nappe de dentelle, les lourdes argenteries, la fine vaisselle, et cette sœur qui mangeait et qui vivait toujours, malgré son apparence extra-terrestre. Quel fil mystérieux retenait Stéphanie sur la terre ? À la voir, on aurait cru qu'un souffle eût suffi à la renverser, et pourtant elle ne cessait de durer.

Géraldine tournait autour de la table, et son œil semblait pénétrer le cours des pensées de Charles. Celui-ci éprouvait un grand malaise à se sentir ainsi observé et deviné, et il se disait que Stéphanie serait allée rejoindre ses ancêtres, si cette maudite servante ne s'ingéniait pas, par quelque procédé diabolique, à ranimer la morte et à la retenir dans la maison paternelle, exprès pour se réjouir le plus longtemps possible de sa déchéance à lui, Charles. Dans quel *no man's land* la vieille sorcière avait-elle fait un pacte avec monsieur de Bichette et Satan lui-même ? Géraldine avait hérité de la colère du père contre le fils ; et, fidèle à cette colère, comme à une promesse sacrée, elle rappelait sans cesse à Charles quelle malédiction pesait sur lui.

À ce moment de ses réflexions, l'homme leva la tête, obsédé par un persistant regard qu'il sentait peser sur lui. La servante n'était déjà plus là, mais Charles entendit tinter le trousseau de clefs dans le passage, entre la salle et l'escalier de la cuisine. Charles frissonna ; il savait bien quelles clefs Géraldine portait ainsi à sa ceinture. Pas une armoire ni une seule chambre *habitée* ne possédaient de clef… Cela lui pinça étrangement le cœur de penser que la clef de sa propre chambre voisinait avec celles des chambres mortes, et il eut peur. Puis il se ressaisit et marmonna :

— Damnée maison ! C'est à devenir fou de rester ici entre ces deux vieilles craquées ! Je crois que le vin me tourne un peu la tête…

Stéphanie venait de se lever de table et Charles la suivit.

La soirée commença comme toutes les autres. Stéphanie reprit sa dentelle, et son frère marcha dans le salon, de long en large, les mains derrière le dos.

Ainsi, tous les soirs, dans un complet silence, sans un seul mot échangé, entre le frère et la sœur, le temps s'écoulait jusqu'à ce que la vieille horloge sonnât dix heures. Alors Charles, ayant fait provision de chaleur pour la nuit, baisait sa sœur au front, enfilait son paletot, et, les deux mains dans ses poches élimées, il reprenait le chemin de la rue des Irlandais.

Il marchait lentement, tel un badaud habitué depuis longtemps à muser dans les rues.

L'homme tassait son ombre le long des murs. Les mêmes pensées quotidiennes tournaient en cercle dans sa cervelle. Il était habitué à elles, comme à des animaux familiers. Elles ne le surprenaient plus, ni ne le distrayaient. Il ne les connaissait que trop, ne les regardait plus en face ; leurs présences passaient au fond de ses prunelles pâles, sans en altérer la fixe passivité.

Tout en approchant de chez lui, Charles pensait à sa femme. Il se rendait vers elle, sans hâte, mais avec un certain sentiment de sécurité, comme vers un bien solidement acquis.

Il s'aperçut, tout à coup, qu'il était arrivé. Deux maisons basses, identiques sœurs de tristesse et de décrépitude, avançaient sur le trottoir leurs étroits tambours gris.

Il habitait deux chambres au deuxième étage d'une des deux maisons. Il monta, alluma une chandelle, traversa la cuisine et entra dans la chambre. Une voix rauque, voilée, que l'homme connaissait bien et qui continuait à son insu d'exercer un charme singulier sur lui, prononça d'un ton très las :

— C'est toi, Charles ?

Il posa la chandelle sur la table de nuit. La femme s'abrita les yeux avec sa main. Il s'assit sur le pied du lit.

— Comment va ta sœur ?

— Toujours la même...

Ces deux bouts de phrase, comme chaque soir, tombaient lourdement. Sous les paroles banales avouées bougeait dans l'ombre le dialogue réel et silencieux des deux époux : *Penses-tu que ta sœur en a encore pour longtemps ? — Hélas, elle tient toujours...*

À ce moment, dans la maison de l'esplanade, Stéphanie de Bichette croisait ses minuscules mains froides et abandonnait au grand néant de la nuit son petit néant à elle, ridicule comme une vieille mode et sec comme une figue pressée.

Et Géraldine veillait, en rêvant que la mort avait clos toutes les portes de la vieille demeure.

(Été 1942)

Un grand mariage

Augustin Berthelot sortit de la basilique, Marie-Louise de Lachevrotière à son bras. La noce suivait en bon ordre, tandis que la musique d'orgue déferlait en ondes sonores jusque sur le parvis où quelques gamins s'accrochaient aux grilles pour mieux voir les mariés.

Augustin Berthelot eut un geste vague de la main pour saluer les têtes enfantines garnissant les fers de lance de la grille, en deux brochettes serrées et bien distinctes. À droite, les cols marins et les boucles soyeuses de la Haute-Ville, à gauche, les têtes embroussaillées et les figures barbouillées des rues basses.

Le marié avait la taille haute et bien prise, un visage dur et fin. Il éprouvait sa réussite paisiblement, tel un bien dû de toute éternité, pesant à peine à son bras là où une petite main gantée de blanc se trouvait posée. Le sentiment de sa liberté familiale et sociale lui paraissait plus difficile à contenir, le grisait, lui montait à la tête et suffisait peut-être à expliquer une certaine arrogance dans son sourire. Ni père, ni mère, ni frères, ni sœurs, ni oncles, ni tantes, ni amis, ni aucuns petits cousins, pouvant le trahir, cachés là parmi les gamins de la Basse-Ville venus pour admirer un aussi grand mariage.

Augustin Berthelot, toutes attaches rompues, entrait dans sa nouvelle vie, libre comme Lazare ressuscité. Ses longues années passées dans le Grand Nord, son exceptionnel succès auprès de la compagnie de la Baie d'Hudson, sa récente nomination chez le meilleur fourreur de la rue Buade, tout cela lui valait une sorte d'auréole accompagnant le prestige très net de sa fortune bien assise.

Un instant, le regard d'Augustin s'attarda sur le groupe d'enfants malingres que le suisse venait de disperser et qui détalaient, comme une volée de moineaux chassés à coups de pierres. « Qu'un seul d'entre eux refuse de fuir et s'arrête sur la place pour narguer le suisse, et il sera sauvé, et je le bénirai dans mon cœur », pensa Augustin. Mais pas un enfant ne s'arrêta. Le frêle galop disparut clopin-clopant. « Mauvaises graines, race de pourris », murmura le jeune époux, entre deux sourires, attentif à saluer, selon sa situation exacte dans la société, chaque invité de la noce de mademoiselle de Lachevrotière dont il était devenu pour la vie, lui, Augustin Berthelot, l'invité d'honneur et le partenaire à parts égales.

Cette main sans vie sur son bras, ce profil anonyme d'ange insondable, entre les plis du voile, Augustin regardait sa femme, comme un songe ancien, venu là à ses côtés lui faire un bout de conduite.

La cinquième, par rang d'âge, des filles de François-Xavier de Lachevrotière, venait de lier son sort au sien, selon les lois de Dieu et de l'Église, mais Augustin Berthelot pouvait croire que rien n'était changé. Il se revoyait, enfant, puis adolescent, à l'heure des vêpres, blotti dans la pénombre d'un bas-côté, épiant les demoiselles de Lachevrotière, emmitouflées de castor, l'hiver, et vêtues de broderie anglaise, l'été, avec des rubans bleus ou roses, noués autour de la taille. Il avait vu ainsi disparaître, en bon ordre, emmenées par des maris bien choisis : l'aînée, la cadette, puis la troisième qui souffrait de coryza perpétuel. Puis il y avait eu les dix années de la Baie d'Hudson et cette tranquille possession de la terre qu'un cœur ambitieux et réfléchi peut réaliser lorsqu'il ne ménage ni ses forces ni cette idée tenace qu'il a de son droit inaliénable. À son retour à Québec, la cinquième des demoiselles de Lachevrotière se trouvait encore libre, et Augustin avait été présenté à François-Xavier par le chanoine Painchaud. Celui-ci avait su rendre un compte précis de la situation florissante d'Augustin, représentant attitré de la compagnie de la Baie d'Hudson auprès de Holt Howard and Co. et actionnaire de la dite compagnie. L'origine obscure du jeune homme, né rue Sous-le-Cap, n'était évoqué que pour mieux louer son sens inné des affaires et sa force de caractère peu commune. Confidence pour confidence, le chanoine Painchaud avait su faire avouer à François-Xavier les dangers qui menaçaient sa seigneurie de Saint-Joachim largement hypothéqué. Augustin proposa de prendre la chose en main et de sauver l'honneur de François-Xavier, comme s'il se fût agi du sien propre. Les deux hommes mirent donc leur honneur en commun, et le mariage de Marie-Louise fut décidé, tandis qu'Augustin (on était en avril) rêvait de l'automne à Saint-Joachim, au moment où les oies sauvages passent au-dessus du cap Tourmente, dans un fracas lointain de migration massive.

Les longues journées de chasse en forêt, le retour au manoir, à la nuit tombée, l'agrément d'un feu de bois dans la cheminée, sans oublier ces rentes laissées en souffrance par François-Xavier, et que lui, Augustin, saurait bien soutirer aux paysans ; tout cela, par avance, mettait le jeune homme dans d'heureuses dispositions de plaisir et d'humeur batailleuse.

Dès après la réception de mariage qui eut lieu rue Saint-Denis, chez les parents de Marie-Louise, les jeunes époux partirent pour Saint-Joachim, ainsi qu'Augustin en avait décidé.

La violente lumière d'automne allumait de place en place les arbres colorés, à moitié dépouillés. L'odeur du sol humide et des feuilles macérées montait tout alentour; Augustin retrouvait son âme sûre et efficace du Grand Nord. Sa connaissance du bois et de la chasse, son expérience auprès des Indiens, traiteurs de fourrures (qu'il avait appris à manœuvrer sans coup férir), au cours de marchés de plus en plus serrés, à mesure que passaient les années d'apprentissage, lui conféraient maintenant toutes coudées franches sur les terres de Saint-Joachim pour abattre perdrix, outardes, oies et chevreuils, ainsi que pour piéger les censitaires retardataires.

Ce n'est que le soir, lorsqu'il rentrait du bois, le corps fourbu et bienheureux, ou qu'il refermait derrière lui la porte du petit bureau sans feu de François-Xavier, après avoir exercé son droit de nouveau seigneur face aux doléances et récriminations des paysans, qu'Augustin Berthelot éprouvait une légère hésitation, une ombre d'incertitude, une sorte de méfiance très désagréable à l'égard de son savoir-vivre le plus profond.

Il lui fallait rejoindre au grand salon sa femme, immobile près de la cheminée, perdue dans ses jupes et ses châles, réfugiée dans une interminable songerie d'enfant boudeur.

Le grand livre du censier sur les genoux, Augustin feignait de vérifier ses comptes tandis que Marie-Louise se rapprochait encore du feu, comme si elle eût voulu disparaître dedans, se fondre en braises, s'échapper en fumée par la cheminée, fuir sur le toit, volatilisée, à jamais délivrée de son corps de jeune mariée. Mais son âme sèche et hautaine lui était d'un grand secours dans un si pauvre désarroi. Elle n'opposait à Augustin aucune autre résistance que celle du plus intérieur et du plus parfait mépris.

Augustin lui demandait : « Qu'avez-vous fait toute la journée ? » Marie-Louise haussait les épaules et répondait : « Rien ». Comment pouvait-elle expliquer qu'elle était demeurée toute la journée près du feu, attentive au jeu de beauté et de destruction des flammes et du bois, dans l'espoir insensé de faire provision de chaleur et de courage par tous les pores de sa peau qui se glaçait irrémédiablement à mesure qu'approchait le soir, et le moment où cet homme, qui était son mari, lui apparaissait dans l'embrasure de la porte, tel un guerrier vainqueur.

Le pied de Marie-Louise se balançait nerveusement au bas de sa jupe, abattant parfois une bûche dans un envol d'étincelles et un fracas de bois éclaté. Augustin suivait le va-et-vient de ce petit pied et s'appliquait à recommencer trois fois chaque addition, comme un nageur à bout de souffle qui se cramponne aux moindres brindilles.

« Qu'avez-vous fait, toute la journée, Marie-Louise ? » redemandait-il d'une voix à peine perceptible.

Marie-Louise se leva brusquement, fit bouffer ses jupes, et d'un coup de rein, rajusta sa tournure. Elle regarda son mari d'un œil qu'elle voulait foudroyant, mais son allure de petite fille offusquée fit sourire Augustin qui se leva à son tour et vint près d'elle. Elle répéta : « Rien. Rien. Je vous l'ai déjà dit. Et puis qu'est-ce que vous voulez que je fasse d'autre, je vous prie ? »

Elle disait « rien » avec orgueil, comme si ce mot eût été une arme indéfectible, une sorte d'étendard provocant, une déclaration de principes irréfutables.

Marie-Louise s'était approchée de la fenêtre. Elle enleva sa bague et rageusement, d'un geste sûr, elle grava son nom sur la vitre avec son solitaire, à la suite d'autres prénoms féminins qui s'étageaient là depuis plusieurs générations. Elle répéta « rien » dans un souffle, contre la vitre, tandis qu'Augustin s'approchait par derrière et lui mettait les mains sur les épaules.

Il regardait le carreau comble de signatures féminines, gravées en tous sens, comme sur un contrat d'importance. Il évoquait cette longue chaîne de femmes désœuvrées, recluses en ce manoir dont l'emploi du temps avait été « rien », « rien », « rien », alors que là, tout à côté, passait le fleuve immense et dur, et que mille flambées naissaient et mouraient dans cette même cheminée de pierre.

Augustin pensait à sa mère broyée sous des montagnes de linge à laver, suffoquée sous des buées de repassages. Il revoyait aussi les mains osseuses et fortes de Délia la métisse qu'il avait eue avec lui durant plusieurs années à la Baie d'Hudson. Au plus profond de son cœur Augustin éprouvait l'injustice de la vie comme une vieille blessure dont il avait juré de se venger.

Marie-Louise s'était retournée, sans qu'Augustin eût desserré ses mains de sur les épaules enfantines. « Laissez-moi passer, je vous prie. » Elle respirait vite tout contre la poitrine d'Augustin, baissant la tête, évitant de regarder le jeune homme. Elle eut un geste prompt pour se dégager, empoigna ses jupes à pleines mains. « Laissez-moi passer, je vous prie. »

Les jupes et jupons de Marie-Louise exaltaient Augustin. Tout ce paysage de son enfance, blanchi, amidonné, passé au bleu, brodé, festonné, tuyauté ; séchant, l'hiver, au milieu de la cuisine, l'été sur des cordes en plein vent, du temps de la rue Sous-le-Cap. « Ne touche pas. Ne touche pas », lui répétait sa mère, laveuse et repasseuse de fin, s'apprêtant à grimper le Cap, ses paquets fragiles sous le bras. De la Grande-Allée aux Remparts, passant par l'Esplanade et la rue des Grisons, Augustin accompagnait sa mère, légère et blanche, livrant son travail aux dames et demoiselles, clientes de la Haute-Ville.

« Que peuvent-elles donc faire de tant de pantalons et de jupons ? » pensait le petit garçon que ces tournées humiliaient et fascinaient, tout à la fois.

Un instant, Augustin eut envie de renverser Marie-Louise, là, sur le tapis et de se perdre gaillardement sous tant de jupes folles et un si bel abat-jour froufroutant. La pensée de la terreur et de la colère qu'éprouverait certainement la jeune femme, appréhendant l'arrivée possible d'un domestique, décuplait le désir d'Augustin. Il laissa pourtant passer Marie-Louise, furieuse et rougissante, sans la retenir davantage. Un scandale domestique pouvait nuire à Augustin Berthelot auprès de François-Xavier de Lachevrotière dont il valait mieux se faire un allié sûr dans la société et les affaires.

C'est donc la voix très calme qu'Augustin annonça à sa jeune épouse que le voyage de noces était terminé et qu'ils rentreraient, le lendemain, à Québec. « Toutes les rentes sont perçues, sauf quelques récalcitrantes, au sujet desquelles nous aviserons, votre père et moi », proclamat-il sentencieusement, en refermant son livre de comptes.

Une bonne, grasse et frisottée, annonça à voix très haute « que le dîner était paré sur la table ». Augustin s'écarta pour laisser sortir sa femme. Il la suivit des yeux et se demanda avec ennui s'il faudrait plusieurs maternités à Marie-Louise avant que ne s'épanouisse son corps grêle.

La haute maison qu'Augustin Berthelot venait d'acheter rue des Remparts, face au bassin Louise, le contentait pleinement. « Comme me voilà bien au centre du monde », pensait-il, foulant les tapis épais, soulevant les rideaux de guipure, pour suivre un instant, par la fenêtre, le mouvement des bateaux dans le bassin. Toute une petite ville têtue, repliée sur elle-même, armée dans son cœur étroit, depuis la Conquête anglaise. Une société aux rites immuables, aux arbres généalogiques clairs et précis, faciles à dessiner jusque dans leurs moindres familles. Et cela remontait à la pépinière clairsemée des quelques « vieilles familles » bourgeoises demeurées au pays après le traité de Paris et qu'on pouvait aisément repérer, pour la bonne fréquentation, au hasard des villes et des manoirs, là où surgissaient parfois des créatures nobles, souvent poétiques et farfelues.

« Mon arbre généalogique à moi, songeait Augustin, il commence avec moi, et tout le passé n'est que misères et sottises. » La mémoire d'Augustin demeurait un lieu clos et bien rangé dans son cœur vif, tout occupé des merveilles du présent et de son propre pouvoir sur le réel.

« Une ville, cela s'occupe et se possède comme une maison, de la cave au grenier. » Le cocher d'Augustin en savait quelque chose, lui qui conduisait quotidiennement son maître, été comme hiver, tandis que de beaux chevaux attelés en paire finissaient par attraper le souffle dans les côtes abruptes de la ville.

Les courtiers de la rue Saint-Pierre, les tanneurs du quartier Saint-Roch, les capitaines de cargo, les patrons anglais de Holt Howard and Co., les Français de Révillon, la compagnie de la Baie d'Hudson, les notaires et les avocats de la ville et des environs, le haut et le bas clergé, presque tous, pour une raison ou une autre, avaient affaire à Augustin Berthelot, tandis que le chanoine Painchaud, ayant fait instruire Augustin de ses propres deniers, en vue de lui inculquer la vocation, songeait avec nostalgie à la perte irréparable d'une âme aussi énergique, pour le bon équilibre de la hiérarchie ecclésiastique.

Or Marie-Louise demeurait malingre et stérile. Elle souffrait de migraines et de vapeurs et s'arrangeait pour échapper le plus possible à son devoir conjugal. Augustin s'en accommodait fort mal. Si le principe de ne céder à aucune réminiscence du passé n'avait été si bien ancré en lui, avec quelle joie il aurait acquiescé au vocabulaire et aux manières de son défunt cordonnier de père, stockés là, quelque part dans ses veines, à lui, Augustin. Le vieil homme, courbé sur de mauvaises chaussures de pauvres, s'était peu à peu racorni comme un vieux cuir. Lorsqu'il rentrait, le soir, dans la cuisine encombrée de linge, on aurait pu croire qu'il continuait de mâchonner de petits clous de cordonnier. Mais entre ses lèvres minces passaient de petites colères acides, de petits blasphèmes pointus. Il distribuait les taloches de la même façon égale, et sèche, souvent interminable.

Augustin n'entrait jamais chez sa femme sans frapper à la porte. La correction de ses manières, sa maîtrise, en de semblables circonstances, le flattaient plus qu'aucune affaire menée de main de maître, et cela le réjouissait sans doute plus qu'aucun autre plaisir à savourer auprès de Marie-Louise.

« Ma femme me fait enrager et puis elle m'ennuie, cette carte pâmée ! » Augustin déposa son chapeau, sa canne et ses gants, s'efforçant de demeurer impassible, tandis qu'un commis, l'air servile et sournois, lui présentait le dernier courrier arrivé le matin même, de la Baie d'Hudson.

Augustin se carra dans son fauteuil de cuir, jeta un regard circulaire sur le bureau aux boiseries enfumées, voulut congédier le commis. Celui-ci l'arrêta d'un « Pardon monsieur » dit très doucement, en fermant les yeux, « pardon monsieur, il y a aussi une dame qui vous a demandé à plusieurs reprises... »

— Une dame, Nicolas ?

— Une dame... c'est-à-dire une femme, oui monsieur, plutôt une femme qu'il faudrait dire, monsieur, je crois...

Augustin déplia une feuille de papier jaune et parcourut d'un coup d'œil rapide le compte des marchandises à recevoir. Soudain, la date, tout en haut, à droite de la lettre, arrêta son attention longuement, étrangement, comme le signe d'une affaire importante encore secrète et embrouillée qu'il aurait à mettre au clair et à inscrire victorieusement dans la colonne de l'actif, sous peine d'ennuis très graves.

« C'est ridicule, qu'est-ce qui me prend, on dirait que cette date m'inquiète » maugréa intérieurement Augustin, « 25 mai, qu'y a-t-il d'extraordinaire à cela ? 25 mai... Ce n'est pas sorcier, ce n'est que l'annonce de l'été, là-bas. Le brusque, le bref, le fiévreux été de là-bas, avec ses mille cascades délivrées, ses mousses douces, sa luminosité accablante, ses bataillons serrés de moustiques, ses odeurs particulières. »

Le commis continuait :

— Une femme, oui monsieur, c'est-à-dire, plutôt une sauvagesse qu'il faudrait dire, je crois, monsieur... Oui, une sauvagesse...

Augustin fixa le commis calmement, comme s'il eût voulu le clouer au mur, tel un minuscule papillon noir, tout fripé d'avance.

— Une sauvagesse, Nicolas ? Elle venait sans doute de Lorette pour vendre ses mocassins. C'est à Peterson qu'il faut l'adresser, vous le savez bien...

— C'est après vous qu'elle demandait, monsieur. Elle paraissait ne rien comprendre et répétait, comme une litanie : « Il faut absolument que je parle à monsieur Augustin Berthelot, que je parle à monsieur Augustin Berthelot... »

Augustin lut son courrier, signa quelques lettres et fit appeler son cocher. Il s'appliquait de toutes ses forces à ne rien dire, à ne rien faire qui ne fût très sûr, posé, irréfutable, encore plus que d'habitude, comme si le bon équilibre de sa vie entière eût dépendu du contrôle parfait de ses nerfs, en cette journée d'été 1890.

Comment cela avait-il commencé de se détraquer en lui ? Augustin ne le saurait sans doute jamais. Une stricte discipline intérieure l'avait depuis longtemps habitué à ne pas attacher d'importance aux images, aux sensations qui pouvaient passer dans son imagination. Ne voulait-il pas ignorer tout de ce monde insaisissable, incohérent, inutile, délétère qui dormait en lui ? « Que les souvenirs et les regrets aillent se faire pendre ailleurs ! » avait-il coutume de se donner comme mot d'ordre. Une belle pensée droite, ferme, demeurait pour lui celle que l'on domine et dirige en vue d'un but précis, d'une action consciente et efficace.

Tout d'abord, ce matin-là, rien dans son comportement extérieur ne pouvait donner prise au moindre soupçon. Que des images du Grand Nord passassent devant ses yeux, tenaces et vivantes, l'empêchant de penser librement à autre chose, cela n'était pas encore de la rêverie certes ; mais l'insistance même de ces images irritait Augustin. Pour secouer cet agacement qui montait avec la menace du songe, il résolut de prendre un verre au *Chien d'Or*, commettant ainsi le premier impair qui devait le mener à un envahissement en règle de cette vie seconde, douce-amère, si bien cachée en lui.

Comme le cocher, rapide et niais, très rare assemblage de caractéristiques chez un être vivant, sautait déjà à bas de la voiture pour aller chercher les cigares de monsieur, comme d'habitude, Augustin dit qu'il irait lui-même « pour se dégourdir les jambes ».

Incapable d'aucune réaction qui pouvait ressembler à de l'étonnement, le cocher remonta d'un seul saut en hauteur sur son siège de cocher. Épuisé par sa propre vitesse, il ne tarda pas à s'endormir, le menton sur la poitrine, offrant aux passants sa nuque maigre de poulet crevé.

Bien calé sur la banquette de velours rouge du *Chien d'Or*, Augustin avala plusieurs verres de bière, alors que le patron lui soufflait à l'oreille qu'une Indienne l'avait demandé, très tôt, dans la matinée. Augustin parla de choses et d'autres, alluma un cigare, et glissa tout bonnement, entre deux bouffées, que ces Indiens de Lorette n'en finissaient plus d'ennuyer Holt Howard and Co. avec leurs brassées de mocassins perlés : « Le marché en est complètement saturé. Mais essayez donc de leur faire comprendre cela ou autre chose ? » Le patron hocha la tête et répondit «qu'un entêtement de sauvage, cela valait celui du diable et du bon Dieu, réunis ensemble, sauf votre respect, monsieur Berthelot».

Au sortir du *Chien d'Or*, Augustin maudit l'entêtement des Indiens en bloc qu'il ressentait soudain en lui, d'une façon tangible, mêlé à cet arrière-goût de bière qui s'attachait à son palais.

Lorsqu'il arriva rue de la Fabrique, chez Pelletier et Pelletier, Augustin avait déjà eu le temps, bercé par le petit trot des chevaux, de succomber à une curieuse impression de malaise, tout comme si une avalanche de mocassins le menaçait de toutes parts, pareils à des balles perdues, dès qu'il fermait un œil.

Mademoiselle Fréchette, caissière de son état depuis trente-cinq ans, tremblait encore lorsqu'elle annonça à Augustin « qu'une sauvagesse avait demandé monsieur Augustin Berthelot, sans se gêner le moins du monde, comme ça, à voix claire, par-dessus la caisse ».

Augustin eut sa petite conférence habituelle avec Pelletier, père et fils, parut calme et sûr de lui, à outrance, admira et envia sincèrement, dans son for intérieur, pour la nième fois, le génie héréditaire de Pelletier et Pelletier, qui, peu de temps après la Conquête, avaient su créer et maintenir leur commerce, traitant d'égal à égal avec les Anglais eux-mêmes.

Augustin remonta en voiture, maudit l'obstination saugrenue de cette femme qui courait après lui, de par toute la ville, et commença d'éprouver une profonde angoisse. Un visage précis qu'il s'efforçait, depuis le matin, de maintenir au fond de sa mémoire, émergea à la surface et s'imposa comme l'annonce même du scandale en marche vers lui.

Le jeune homme avait beau se répéter : « Il n'y a qu'à vérifier, confronter cette femme, qui réclame à cor et à cri « monsieur Augustin Berthelot », avec l'image de Délia, maintenant bien éveillée, comme toute lavée de lumière crue dans ma mémoire. Si cette femme n'est pas Délia, il n'y a pas vraiment de quoi fouetter un chat. Mais, si elle l'est, toutes les puissances d'intimidation de la terre, religieuses ou civiles, légales ou illégales, ne pourraient pas grand-chose contre l'obstination de cette grande mule de Métisse. »

À ce moment, le goût frais de la bière tenta à nouveau Augustin, comme si le seul fait de boire un verre, dans la promiscuité d'une salle achalandée, pouvait apporter la plus immédiate et la plus sûre solution à ses problèmes. Et puis, dans une taverne, il était sûr de ne point se trouver nez à nez avec cette sauvagesse de malheur qui le cherchait depuis le matin, ni avec son double forcené laissé pour compte à la baie d'Hudson.

« Je fuis pour mieux préparer mon plan d'attaque », essayait-il de se dire, mais le ridicule d'une semblable excuse le fit se détourner de toute préoccupation autre que celle, lancinante, de sa soif.

Augustin ordonna à son cocher de prendre la côte de la Montagne. « Je descends aux Enfers, pensait-il, goûtant la volupté du remords, tandis qu'il s'enfonçait en lui-même dans des régions inconnues de défaites, de fuites, d'abandon. Que le diable m'emporte où il voudra pourvu

133

que je n'aie rien à décider, rien à affronter, rien à prouver, ni à expliquer, ni à justifier, ni à gagner, ni à perdre.»

La côte était raide et mal pavée. Augustin bougonnait contre la lenteur précautionneuse des chevaux, alors que le cocher prenait nettement partie pour ses bêtes «contre monsieur», s'efforçant de freiner la voiture le plus possible, tout le long de la côte.

Sûr de la force de ses poings et de l'endurance de son corps, ragaillardi par je ne sais quel remous de ses nerfs surexcités, Augustin entreprit une tournée des tavernes de la Basse-Ville. Sans quitter son air hautain et désinvolte, il affrontait du regard les regards hostiles des bûcherons crasseux et des marins barbus. Tout en buvant sa bière, ou son gin, à petites gorgées, il résistait avec peine au désir de jeter bas la veste et de se battre d'homme à homme, sans autre espèce d'enjeu que le remuement profond de son sang et la démonstration rassurante de sa force physique.

Mais cette innocence n'était plus permise. En jetant bas la veste, Augustin se dépouillerait d'un seul coup de sa situation et de sa fortune. On ne réchappe pas au scandale. Il remonta en voiture, tandis que le sentiment d'un esclandre imminent lui tenaillait le cœur, comme un étau. «Encore une maudite face d'Irlandais qui me nargue et je ne réponds plus de rien.»

Au quai de la Traverse pourtant, il descendit et accepta de boire un verre, en compagnie d'un capitaine de sa connaissance. Les blagues rituelles passées, le capitaine parla de la bière qui était embouteillée trop jeune, avoua sa préférence pour le rhum, offrit une tournée, et prévint Augustin qu'une sauvagesse cherchait monsieur Berthelot, sur les quais, depuis le matin.

Augustin sourit d'un air vague au capitaine du traversier et lui tendit un cigare. Il quitta le bar précipitamment et remonta en voiture, signifiant à son cocher de suivre le bord du fleuve.

Le vent était vif, la route détrempée et cahoteuse. Augustin avait déposé son chapeau dans le fond de la voiture. Par deux fois les chevaux galopèrent en bordure du fleuve, de la Traverse aux Foulons, des Foulons à la Traverse. « Que j'use mon ivresse au grand air et je n'aurai plus qu'à rentrer chez moi », se répétait Augustin, comme on récite une prière. Mais la vue du fleuve agité roulant ses vagues avec fracas sur les grèves et contre les quais de bois, au lieu d'apaiser le jeune homme, le plongeait dans une sorte de tristesse vague à laquelle il cédait de plus en plus. « Je perds pied », songeait-il, livré sans défense, consentant et effrayé aux dangers d'une nostalgie envahissante.

Ce grand gaillard titubant au sortir du café *Louis XIV*, Augustin aurait voulu pouvoir le serrer dans ses bras, comme un frère, et lui avouer, très haut, que son âme de voyou demeurait miraculeusement intacte et fraternelle, en lui, Augustin Berthelot, tandis que ses beaux habits et ses grandes manières n'étaient qu'impostures et mascarades. Lorsque, pour la seconde fois, la voiture s'engagea dans la petite rue Sous-le-Cap, Augustin sentit un attendrissement sans borne s'emparer de lui, comme si une veine douloureuse se rompait, livrant passage à toute une enfance abîmée. « Ma maudite enfance me remonte à la gorge », se dit-il avec colère.

Des lessives séchaient toujours, tendues en travers de la rue étroite. Des femmes en tablier s'interpellaient sur le pas des portes, des enfants sales regardaient passer la voiture. L'un d'eux ramassa une pierre et la lança de toutes ses forces contre l'attelage. La pierre ricocha sur le garde-boue de la voiture. Augustin se retourna et vit la mère qui giflait l'enfant, à plusieurs reprises.

L'échoppe de Jean-Baptiste Berthelot cordonnier n'existait plus ni cette arrière-boutique minuscule que la mère d'Augustin transformait en buanderie. Mais rien ne pouvait empêcher cette odeur âcre de vieilles chaussures et de linge mouillé d'assaillir avec force le jeune homme élégant dans sa voiture légère.

« Ne touche pas ! » Le beau refrain ! La belle enfance, entre deux êtres si bien cloués à leur travail, à leur angoisse de gagne-petit, que l'enfant entre eux n'existait que pour les déranger et voler le temps si court, déjà rogné par les quelques heures de sommeil et les instants de repos, brefs, insuffisants et silencieux. On étouffe ici, sans espace ni amour. Alène, ligneul, forme, pointes, fer à repasser, linge fin, gros linge, savon... Si on en faisait un jeu ? Ou une chanson ? Pour rire un peu ? Pour voir ? « Ne touche pas ! Ne touche pas, ou volent les gifles ! »

Sur le passage d'Augustin, le vieux quartier se réveillait, se sensibilisait comme une aiguille de boussole. C'était en lui que tout cela bougeait, vivait, souffrait, ployait sous l'affront. La rue Sous-le-Cap retrouvait le nord en lui, tout comme si son cœur d'enfant fut demeuré ce point vivant, cet épicentre des larmes et de la rage impuissante. Et cela, non, il ne pouvait le supporter ! « Que ce petit garçon jette des pierres sur ma voiture, tant pis pour lui, qu'on le gifle et qu'il se mouche. Qu'il se sauve tout seul. Moi, je n'y puis rien. À chacun son tour de choisir la vie ou la mort. »

Augustin commanda au cocher de presser les chevaux davantage, tout comme si une meute d'enfants justiciers menaçait de sauter dans la voiture, de l'écraser sous leur poids, entraînant Augustin avec eux, le remettant bien en place rue Sous-le-Cap, le livrant, désarçonné, démasqué, à la misère et à la honte.

« Plus vite, Hormidas ! Sauve qui peut ! Je n'ai que faire de cet enfant qui jette des pierres sur la voiture ! Je n'ai que faire de cette femme qui s'accroche à mon cou. L'amour est un piège. La pitié aussi. »

Les chevaux ralentirent. On s'était éloigné. Le bord de l'eau était désert. Le fleuve moutonnait au loin. Augustin retrouva soudain la même échappée joyeuse vers le large que lorsque, petit garçon, il s'ingéniait à imaginer des départs magnifiques sur la mer, vers des pays inconnus où il serait le maître et le roi. Mais les rêves de l'enfant Augustin étaient partagés. Il quittait volontiers la forte et belle odeur aux puissants mélanges de goudron, d'huile, d'eau et de bois, pour les promenades sur la terrasse et la place de la Basilique, là où la Haute-Ville et la Basse-Ville se donnaient mutuellement en spectacle les dimanches et les jours de fête.

Lorsqu'il eut douze ans, il lui fallut choisir pour la première fois. Comme l'enfant montrait des dispositions pour les études et qu'il paraissait tellement se plaire aux ors et aux lumières de la Basilique, le chanoine Painchaud crut déceler une vocation religieuse pour laquelle Augustin n'éprouvait pas la moindre attirance. Le chanoine offrit de payer les études du fils de Jean-Baptiste Berthelot, au Petit et au Grand Séminaire. L'enfant regarda le chanoine dans les yeux, et calmement, à la grande surprise de celui-ci, demanda à réfléchir jusqu'au lendemain, avant de donner sa réponse. Mais cette réponse se fraya très vite un passage net, irrépressible dans la tête de l'enfant. « Tout pour échapper à la rue Sous-le-Cap, au cuir et à la lessive, tout pour étudier et apprendre les lois injustes de ce monde, quitte à se les approprier dans leur injustice même, pour vivre. Tout plutôt que de crever parmi les vaincus. » Le lendemain, le petit Augustin répondait au chanoine Painchaud «qu'il voulait bien étudier pour devenir curé».

Casquette à visière, tunique longue, large ceinture verte enroulée autour de la taille, à la façon d'un monseigneur, Augustin entreprit ses études classiques. Sa curiosité, son attention, sa puissance de travail étaient énormes. Il apportait un soin tout particulier à l'étude de la langue anglaise que traitaient de haut ses camarades voués aux beautés gratuites du grec et du latin. « Si les langues mortes mènent à Dieu et aux humanités, moi je préfère l'anglais qui est vivant ; et si je suis adroit, je saurai bien, un jour, trafiquer dans cette langue, maîtresse, entre toutes, des biens de ce monde. »

Le cordonnier mourut le premier, puis la blanchisseuse, à quelques mois d'intervalle. Augustin fut convoqué chez le notaire qui lui apprit que l'échoppe de cordonnier et la cuisine-buanderie lui revenaient en propre, de par la mort de ses parents. Mais pour disposer librement de ce bien chétif il lui fallait encore attendre sa majorité.

Le jeune homme avait dix-neuf ans et il achevait sa deuxième année de philosophie, au Petit Séminaire. Il appréhendait les cérémonies de fin d'année, et surtout cette prise de rubans au cours de laquelle chaque élève devait proclamer officiellement son choix d'une profession libérale, ou d'une vocation religieuse.

Pour Augustin les dés semblaient pipés. Toute liberté de choix se trouvait réduite à une alternative : les ordres séculiers, ou les ordres monastiques. Ainsi en avait décidé le chanoine Painchaud. Mais la résolution muette et bien arrêtée d'Augustin n'en était pas moins prise depuis longtemps, tout au long de ces années d'études austères et monotones. À la prise des rubans, c'est donc d'une voix pleine de défi qu'il annonça qu'il voulait étudier le droit.

Cela fit un beau scandale dans la salle des promotions et dans le cœur du chanoine. Augustin fut traité «d'ingrat et d'hypocrite». Le bienfaiteur offensé et ulcéré retira ses bonnes grâces et refusa de défrayer le coût des études en droit.

Le lendemain Augustin quittait le Séminaire. Il vendit ses livres, et, son baluchon sur l'épaule, s'en fut chez le notaire Cyrille Desnoyers. Dominant avec peine son trouble et sa crainte de ne pas être pris au sérieux, le jeune homme ordonna au notaire de vendre la maison de la rue Sous-le-Cap et de placer l'argent de la vente de la façon qu'il jugerait la plus avantageuse. Le notaire, à la fois amusé par tant d'audace juvénile et subjugué par je ne sais quelle conviction inébranlable qu'il découvrait, sensible et forte, sur le visage grave de l'adolescent, se dit que s'occuper des affaires d'Augustin Berthelot ne devait certainement ressembler à aucune autre tutelle routinière. Augustin sentit qu'il venait de gagner un point. Il retrouva un sourire d'enfant dont il n'était pas sans ignorer le pouvoir de séduction. Puis d'une voix enrouée par l'appréhension et l'orgueil, il demanda une avance de 5 $ sur l'héritage de ses parents, ce à quoi Cyrille Desnoyers acquiesça aussitôt.

Le lendemain, Augustin lavait le pont de la goélette *Sancta-Maria*, en route pour la baie d'Hudson. On était aux environs de Cap-à-l'Aigle, et la côte sauvage et noire, aux toisons serrées d'épinettes et de sapins, se dressait sous la brume et la pluie comme un mur de malédictions. Ah ! ce pays était bien gardé, mais Augustin jura d'y accomplir son destin, à la force du poignet. Que lui importait la nature farouche et démesurée, c'est une petite ville fermée sous la pierre qu'il rêvait de conquérir. «Dans dix ans, je retournerai à Québec et j'y rentrerai comme un maître.»

La voiture était arrêtée. Le cocher, d'un air consterné, essuyait l'encolure pleine de sueur d'un des deux chevaux. «Trop de galop nuit ! Trop de galop nuit ! C'est fou de faire courir comme ça d'aussi belles bêtes !»

Augustin rappela son cocher et lui dit de faire boire les chevaux à l'abreuvoir de la place. La petite place Notre-Dame-des-Victoires était déserte. Le vent y soufflait par bourrasques faisant tournoyer des feuilles mortes et des bouts de papier. On entendait boire les chevaux et cela faisait un bruit arythmique étrange dans le silence. Augustin s'étira les jambes, passa la main sur son front, comme pour chasser un cauchemar, s'étonna de se trouver sans chapeau. « Bon, assez traîné comme cela. Rentrons. Je suis fourbu, moulu, courbattu. » Mais le plaisir excessif et vain qu'il prenait aux sonorités semblables de ces mots le replongea presque aussitôt dans les limbes d'une ivresse triste. Il répéta, sans plaisir aucun, cette fois : « Fourbu, moulu, courbattu... C'est cette maudite boisson qui me tarabiscote les méninges. Bah ! l'alcool ça passe sans laisser de trace. C'est comme ce goût qu'on peut avoir pour une femme. L'amour c'est une maladie ; quand c'est fini, c'est bien fini... » Augustin de nouveau regarda le fleuve plombé, frangé d'écume. « Partir il n'y a que cela qui compte. Mais je suis lié maintenant, volontairement lié à cette ville de mon enfance, et j'y creuserai mon trou, avec mes dents, s'il le faut. Là-bas, tout là-bas, après des jours d'eau grise : la terre ingrate gelée comme la lune, des vêtements fourrés graissés à l'intérieur comme des sardines, des chiens sauvages aux yeux bleus, puis l'été singulier qui vient avec des lichens doux sous les pieds, des paysages pierreux, des jours de mai aveuglants de lumière, et la femme à l'odeur forte qui se donne sans jamais se reprendre. »

— Qu'est-ce qu'on fait, monsieur, à présent ? Qu'est-ce qu'on fait ?

La voix geignarde du cocher s'amenuisait, comme au bord des sanglots.

— On rentre, petit bêta, on rentre.

La cloche grêle de Notre-Dame-des-Victoires sonnait six heures. Augustin remit son chapeau. La notion du temps lui revenait, peu à peu, l'empoisonnant et l'irritant contre lui-même : « Tout un après-midi de travail chez le diable ? » Augustin goûtait l'aigreur d'une mauvaise conscience. Mais, la tête sur le billot, il aurait juré qu'il ne s'agissait que du regret d'avoir gaspillé un après-midi de travail dans l'alcool et ses fantasmes. « Bah ! il suffira d'un ou deux cachets et d'une tasse de café noir, et cela passera avec ma migraine », essaya de se persuader Augustin, tandis que l'image d'une Indienne s'accrochait à sa veste, et répétant contre son visage : « Tu l'avais promis. Tu l'avais juré, au nom du Christ et de l'Église. Souviens-toi. Tu as fait serment sur la médaille ».

Augustin parla à mi-voix, énumérant ses biens et propriétés, ses prises réelles sur la vie, en guise de défense contre la voix insidieuse de cette femme en lui : rue des Remparts, Holt Howard and Co., compagnie de la Baie d'Hudson, François-Xavier de Lachevrotière, Marie-Louise Berthelot, née de Lachevrotière, manoir de Saint-Joachim. La vie est en ordre. Malheur au rêveur qui franchit la zone interdite du passé.

— À la maison, Hormidas, et n'oublie pas de prendre des cachets à la pharmacie !

L'attelage tourna sur la place. Augustin ferma les yeux. Une sorte de jeu s'organisait dans sa tête fatiguée qui consistait à faire avancer la voiture et les chevaux sur une route imaginaire très étroite d'où tout chemin de traverse se trouvait soigneusement banni.

Lorsque Augustin ouvrit les yeux, agacé par le long grincement de l'essieu mal graissé, il remarqua une forme engoncée dans des couvertures qui se levait soudain des marches de l'église, là où elle paraissait pétrifiée, une seconde auparavant. Augustin fit arrêter la voiture, sauta à terre et alla tout droit vers cette masse de vêtements d'où émergeait une tête lisse comme celle d'un oiseau.

« Autant en avoir le cœur net et parer à toute éventualité. » En disant cela le jeune homme retrouvait sous les mots son cœur net de jeune lutteur ambitieux lavé de tout reproche, débarrassé de toute entrave, prêt à s'engager dans une nouvelle aventure dont il s'agissait de sortir vainqueur, coûte que coûte.

La femme gardait une immobilité de morte. Elle le regardait sans le voir de ses yeux fixes, immenses et injectés dans un petit visage tassé, couleur de vieille brique. La dureté des pommettes, le trait très marqué de la lèvre supérieure, la couleur un peu violacée de cette bouche serrée, rien n'exprimait rien, qu'une longue, opiniâtre, intolérable fatigue. Augustin lui prit le bras. Elle ne se défendit pas, mais ne broncha pas, insensible et dure dans le vent qui s'élevait de partout à la fois. Il sentait l'os de l'avant-bras à travers l'étoffe. Un instant il crut qu'elle allait tomber, tout d'une pièce, sans fléchir une articulation, avec un bruit sec de bois mort.

— Mais comment as-tu fait pour venir jusqu'ici?

Elle se raidit de toutes ses forces, comme si les puissances maléfiques de son voyage insensé, alertées de nouveau, l'attaquaient soudain en masse, avec un acharnement accru. Puis elle frissonna de la tête aux pieds. Elle ne dit rien. Elle ne dirait sans doute jamais rien au sujet de ces quelques milliers de milles accomplis, envers et contre tous, dans la solitude, ou selon le bon vouloir de quelques compagnons de route, missionnaire, trappeur, ou marin, par terre et par eau, avec les moyens de transport les plus divers et les plus rudimentaires, souvent à pied, livrée à l'effroi de perdre sa route en plaine ou en forêt dévorée par les moustiques, affrontant le froid, le gel, le vent, le grand soleil, appréhendant les bêtes sauvages et le hasard des rencontres humaines, souffrant la faim, la soif, la crasse, la sueur, avec la patience égale, la force fanatique de quelqu'un qui réclame la vie.

La cruauté de cette aventure, l'énergie farouche qui y avait présidé étaient si évidentes, marquées à même ce visage, qu'Augustin, un instant, admira éperdument la flamme sauvage qui avait ainsi brûlé son ancienne maîtresse jusqu'aux os.

Délia se serait écroulée sur les marches de l'église, si Augustin ne l'avait prise sous le bras, retrouvant son sang-froid, faisant signe au cocher d'avancer la voiture.

À l'Hôtel-Dieu, Augustin obtint pour Délia une petite chambre, un peu à l'écart. Pendant deux semaines, la Métisse fut entre la vie et la mort. Elle semblait se débattre à la fois contre un silence de pierre qui l'étouffait et l'impulsion violente d'un cri qu'elle s'efforçait de retenir avec peine. Sœur Claire, qui avait mission de la veiller et de recueillir ses moindres paroles, s'étonnait de ce mutisme et de la fièvre qui ne quittait pas la jeune femme.

Augustin ne vint pas lui-même. Il délégua le chanoine Painchaud, après lui avoir expliqué toute l'histoire. Soit, il avait vécu avec cette femme pendant dix ans, il l'avait sans doute aimée, mais ce qui compliquait tout c'est cette promesse insensée qu'il lui avait faite de l'épouser, évoquant la tradition qui veut que, dans une région perdue, là où ne se trouve aucun prêtre, l'Église catholique admet qu'un homme et une femme vivent ensemble, à condition qu'ils promettent de s'unir selon les lois de Dieu et de l'Église, dès qu'il leur sera possible de le faire. Délia était chrétienne et elle ne céda à Augustin que lorsqu'ils eurent juré, tous les deux, de s'épouser, en bonne et due forme. Le chanoine Painchaud tempêta contre l'imprudence d'Augustin, contre cette faiblesse de la chair qui l'avait réduit à de si pauvres marchandages, en vue de si pauvres biens. Mais le scandale n'est-il pas le plus grand de tous les maux qui, d'un instant à l'autre, risquait de s'allumer, aux quatre coins de la ville, comme des feux de joie mauvaise ? Il fallait à tout prix que cette Métisse retournât d'où elle venait, et cela, le plus rapidement possible, sans avoir parlé à qui que ce soit dans la ville.

Ni la grande allure du chanoine ni cette croix d'argent qu'il lui tendit et qu'elle porta à ses lèvres, avec respect et vénération, n'impressionnèrent Délia.

Lorsque le chanoine se fut mis à parler douillettement, emmitouflant les mots les plus cruels de pieuses douceurs, Délia ferma les yeux, tourna la tête du côté du mur, tandis qu'une voix de miel n'en finissait plus de lui susurrer d'horribles choses : Augustin était marié, selon les lois de Dieu et de l'Église, avec une jeune femme de la haute société. Tous deux formaient un couple chrétien exemplaire, digne, distingué, au-dessus de tout reproche. Rien ni personne ne peut séparer ceux que Dieu a ainsi unis par les liens sacrés du mariage. Quand à elle, Délia, elle n'avait plus qu'à oublier un passé regrettable et à s'en retourner là d'où elle venait, comme une bonne chrétienne, soumise, respectueuse des volontés insondables de Dieu. Qui sait si, un jour, un brave homme de Métis chrétien, touché par la charité, ne se montrerait pas disposé à oublier cette triste aventure de la baie d'Hudson et à épouser Délia, tout simplement ? Rien n'est perdu pour qui sait espérer en Dieu.

Le silence obstiné de la jeune femme emplissait toute la pièce d'un poids énorme de révolte et de mépris. Le chanoine respirait mal. Il avait chaud. Il n'en finissait plus de s'éponger le front. Gêné, exaspéré, il se leva précipitamment et quitta la pièce sans avoir pu obtenir une parole ni un regard de Délia.

Le long des corridors voûtés de l'Hôtel-Dieu, le chanoine chercha la paix, se rassurant avec méthode, comme s'il se fut récité un sermon à lui-même. Le scandale était enfin tombé, il en avait la certitude cuisante. Seule une Métisse avait été atteinte par le choc, et la ville sans doute pouvait encore être sauvée, grâce à ce détournement des foudres du Seigneur. Mais la honte s'établissait si fort dans le cœur du chanoine qu'il se mit à craindre une levée massive de toutes ses lâchetés passées. « Je m'en lave les mains ! Qu'Augustin se tire d'affaire tout seul. C'est à lui de jouer sa partie maintenant. Moi, j'y ai déjà trop mis. »

Lorsque Augustin fut entré dans la petite pièce toute blanche et que la lourde porte de chêne se fut refermée derrière lui, il ne put avancer d'un pas et demeura immobile le dos contre la porte. La pitié, un instant, effleura son cœur, comme une menace. Délia s'était levée, toute droite, croisant sur sa poitrine la robe de chambre à ramages, trop grande pour elle, qu'on lui avait passée. Augustin parla en petites phrases brèves et claires, comme une leçon bien apprise, entrecoupées de silences lourds.

Délia pleura doucement, ce grand cri de revendication qu'elle avait porté si longtemps se fondant soudain en des torrents de larmes enfantines. Elle répétait : « Tu l'avais promis. Tu l'avais juré au nom du Christ et de l'Église. Souviens-toi. Tu as fait serment sur la médaille ».

Augustin retrouva, de pair avec les larmes de Délia, toute sa force de volonté, comme si un Dieu noir dans son cœur fortifiait à mesure une insensibilité parfaite.

L'attitude d'Augustin, l'inattaquable réalité de son mariage avec mademoiselle de Lachevrotière, le respect quasi superstitieux de Délia pour tout engagement consacré par l'Église, ne lui laissèrent bientôt pour seule défense que cette résolution désespérée qu'elle avait prise de ne point perdre Augustin de vue et d'habiter désormais la ville de Québec, pour l'apercevoir de temps en temps, ne fût-ce qu'au détour d'une rue. Elle se trouverait bien du travail et rien ni personne ne pouvait l'empêcher de vivre là où elle le désirait, dans le rayonnement même de cet homme qui l'avait possédée et détruite.

Ni le chanoine ni Augustin, ne purent venir à bout de la fermeté de Délia. La Haute-Ville continua de vivre au rythme égal de son travail et de son oisiveté, l'ennui, par endroit, jetait sa mauvaise graine aussitôt étouffée. Nul ne put dire au juste comment cela se fit, mais un jour, Délia, la Métisse du Grand Nord, entra en service chez madame Augustin Berthelot qui, depuis des mois, accumulait les ennuis au sujet de domestiques peu consciencieux.

À cette nouvelle, le chanoine tenta de jouer le jeu, sans grande conviction, dans l'espoir de conjurer le sort et de conférer une allure noble à la tournure des événements. Il félicita Augustin, avec une ironie quelque peu terrifiée, pour son esprit de charité qui assurait ainsi à son ancienne maîtresse, le gîte, le couvert et le travail quotidien.

Des semaines passèrent au cours desquelles Délia apprit son métier, sous la haute direction de madame Berthelot. Puis, ce qui devait arriver, arriva: un dimanche que Marie-Louise se trouvait en visite chez ses parents, Augustin vint frapper à la porte de Délia, tout au fond d'un minuscule corridor, loin du quartier réservé aux domestiques, dans cette partie du grenier qui servait de réserve pour des guirlandes de beaux oignons, des pyramides de citrouilles orange et des barils de pommes sures.

Délia accueillit Augustin sans grande joie apparente, trop blessée encore dans sa foi et son orgueil, mais pourtant déjà envahie, étouffée dans son cœur par ce don irrépressible d'elle-même qu'elle ne pourrait s'empêcher d'offrir, encore et encore à cet homme qu'elle aimait désormais avec un amer goût de larmes. Après avoir enlevé calmement ses vêtements, elle passa par-dessus sa tête la chaîne d'argent avec la médaille de Notre-Dame qu'elle n'avait jamais quittée.

Délia ne devait plus reprendre la chaîne et la médaille, abandonnant ainsi toute prière, tout recours à la grâce de Dieu, entrant d'un coup dans sa vie d'amoureuse honteuse à qui nul pouvoir du ciel ou de la terre ne pourrait jamais rendre la fierté perdue.

Quant à Augustin, il retrouva intact et vif le goût qu'il avait eu pour Délia la première fois qu'il l'avait prise, grande et musclée pour ses seize ans. Depuis son séjour à l'Hôtel-Dieu et ces quelques semaines passées chez les Berthelot, la jeune femme s'était remplumée et rafraîchie, comme certaines plantes après l'orage. Son odeur affolait Augustin qui n'en finissait plus de caresser les longs cheveux et tout le corps ambré et dur. Le jeune homme se dit que la vie s'arrangeait toujours, pourvu qu'on y mît le prix. Il était très heureux que l'amour lui fut rendu, et, en même temps, il pensait à ce contrat qu'il avait préparé avec un soin judicieux dans tous ses détails et avec lequel il comptait bien le lendemain prendre au piège le plus astucieux client de Holt Howard and Co.

C'est vers ce temps que la paix sembla descendre tout à fait dans la maison de la rue des Remparts. Marie-Louise venait d'accoucher d'un fils qui fut baptisé, en grande pompe, à la basilique, sous les noms de: Augustin-de-Lachevrotière Berthelot, et le jeune père venait de s'établir à son compte, dans une élégante boutique de la rue de la Fabrique.

Marie-Louise était-elle au courant des visites nocturnes de son mari, au grenier, chez la Métisse ? Il n'en fut jamais question entre les deux époux. Mais le soir du baptême, une fois les invités disparus et lorsque les vestiges de la réception furent soigneusement effacés par Délia, aidée de la femme de chambre et du garçon à tout faire, Marie-Louise et Augustin firent un pacte: maintenant qu'un héritier leur était né, les époux convinrent que toute vie conjugale entre eux s'avérait inutile et indécente. La jeune femme fit ses conditions, sur un tel ton de menace, qu'Augustin demeura persuadé qu'elle était au courant de tout et que cela l'arrangeait de se débarrasser de certaines corvées, au profit de sa servante.

Les années passèrent ainsi. Lorsque Marie-Louise accompagnait son mari dans le monde, elle rayonnait de grâce et de joie sereine, toutes migraines à jamais disparues. Chacun s'accordait à dire que le mariage épanouissait la jeune femme et qu'un couple aussi bien assorti rehaussait toute réception à laquelle il voulait bien participer. On admirait aussi la haute tenue d'Augustin qui n'acceptait jamais un verre d'alcool et qui paraissait si calme et sûr de lui.

Le chanoine Painchaud vieillissait mal, devenait de plus en plus perclus. De son entrevue avec Délia il avait attrapé une mauvaise conscience qui ne guérissait pas. Si d'aventure, on louait devant lui l'ordre parfait qui semblait régner dans la ville, alors que rien ne pouvait donner prise au moindre reproche, tant la bonne tenue des bourgeois empêchait toute vérité de s'exprimer au grand jour, le chanoine pensait avec la colère triste de l'impuissance: «La vaine affaire que la connaissance de soi et des autres. J'ai beau savoir que je suis un salaud, parmi quelques autres, cela ne me change en rien, ni moi ni personne, et une aussi dure lumière se paye chèrement à même ma paix perdue».

Cette solide épine s'accrochait au vieux cœur du chanoine tout particulièrement aux grandes fêtes de Pâques et de Noël, lorsque la basilique parfumée d'encens, rutilante de lumière, toute sonore des accords du grand orgue et des voix fortes de la manécanterie, déversait ses flots de fidèles par les allées, vers la sainte table.

Toute la maison Berthelot s'agenouillait pour communier en bon ordre : les maîtres d'abord, père, mère et fils, puis les domestiques par rang d'ancienneté. Clémée, la cuisinière, qui avait de la moustache et qui avait épuisé deux maris, Hormidas, le cocher, qui se retenait de pousser des coudes pour avancer plus vite, Louisette, la femme de chambre, qui détestait la terre entière et les hommes en particulier et Jos, l'homme à tout faire, qui prenait plaisir à faire craquer ses chaussures dans l'allée abandonnée.

Seule, Délia la Métisse demeurait à sa place, à genoux sur son prie-Dieu, la tête dans ses mains. Ni les supplications ni les menaces d'Augustin, jointes à ses colères exaspérées, n'avaient pu fléchir Délia. Le seul point auquel elle s'accrochait de toutes ses forces, comme à ce qui lui restait d'honneur, demeurait ce refus de communier, de crainte de commettre une imposture vis-à-vis de ce Dieu qui l'avait abandonnée.

La Mort de Stella

L'angélus venait de sonner six heures. La lumière contre
le sol semblait sortir du sol même. L'herbe brillait de son
propre éclat, comme de la braise qui eût été verte. Il y
avait de longues traînées rouges dans les champs, là où
l'on avait fauché le sarrasin.

L'étroite cabane de planches, bâtie sur la terre, était
coiffée d'un toit de papier noir goudronné, à peine incliné.
Un tuyau de poêle sortait par un carreau. Une mince
fumée s'en échappait, par intervalles irréguliers. Une petite
fille malingre vint ramasser des brindilles dans sa jupe et
retourna dans la cabane, en ayant soin de refermer la
porte, derrière elle. La porte et l'encadrement des fenêtres
gardaient cette couleur délavée, rose et violette, si poignante des wagons de marchandise, oubliés dans les gares.

La cabane était posée, là, comme une boîte, aux
pieds de trois épinettes noires, hautes, bien en branches,
de celles qui poussent en terrain découvert. Au fond de la
cour, un carré de choux étalait la splendeur insolite de ses
rosaces bleues, bordées par de grands soleils inutiles.
Mais tout alentour s'enchevêtraient le chiendent et la
rhubarbe sauvage de ce petit champ de malheur, formant
une sorte d'enclave honteuse, au milieu des cultures envi-

ronnantes, largement déroulées jusqu'au chemin, d'un beige un peu rose, à cause de la pluie récente. La poussière était tombée. Tout paraissait à sa place, toute couleur ravivée, toute forme ramassée.

La petite fille revint, avec du linge mouillé dans les bras. Elle l'étendit sur l'herbe. Du linge usé, racommodé, déchiré, qu'on n'arrivait pas à blanchir. La petite fille referma encore la porte, très vite. On entendit un bébé qui pleurait à l'intérieur de la maison.

C'était un paysage de plaine. On respirait à l'aise sur ce plateau, après avoir grimpé la côte chez Moïse, laissant derrière soi le village, dans un creux, au bord de la rivière.

La rivière demeurait présente, vue en contre-plongée, divisée en deux par une île couverte d'arbres. D'un côté de l'île, l'eau stagnait presque, noire, excessivement profonde ; tandis que de l'autre, le courant filait en flèche, de plus en plus sonore et agité, à mesure qu'on approchait des rapides. Lorsque le vent tournait sud, ce fracas de l'eau emplissait la campagne, surtout après les grandes pluies.

Depuis que Stella restait de longues heures éveillée, la nuit, à tousser et à grelotter dans sa chemise mouillée de sueur, elle se laissait envahir par le bruit des chutes. C'était un immense abandon aux forces obscures de ce monde. Cela l'apaisait et la déchirait à la fois. Mais elle était si lasse qu'elle n'arrivait pas à appréhender clairement ce que la soumission de son être à l'ordre de la terre pouvait signifier de redoutable pour elle et les enfants.

Des dix enfants qu'elle avait eus de son mari, Étienne Gauvin, il n'en restait que quatre. Trois filles, brochette de petits hiboux, aux nez aquilins, aux yeux noirs, durs et fixes, et un fils, né après la mort du père, qui, malgré ses six mois, n'avait jamais cessé de geindre, comme un nouveau-né.

À première vue, les filles se ressemblaient étrangement. Cependant l'aînée qui avait quatorze ans, se hérissait brusquement, clignait ses larges paupières bistrées, comme si quelque chose qui se fût trouvé devant elle, à longueur de journée, lui devenait de plus en plus intolérable. Elle s'appelait Marie et demandait la charité sans rougir, ainsi qu'on réclame la justice. Les gens n'aimaient pas avoir affaire à Marie et préféraient faire l'aumône aux deux cadettes qui suppliaient d'une petite voix larmoyante.

Marie battit un œuf, avec une longue fourchette de camping qui avait servi aux enfants du docteur, pour faire griller du maïs, sur un feu de bois, en plein air. Elle ajouta du lait, avec beaucoup de soin, et s'approcha du lit de sa mère, tenant le bol serré, dans ses mains maigres.

— Vous voulez boire ?

Stella regarda le bol bleu et les deux petites fleurs jaunes, en bordure. Elle soupira.

— C'est ben du trouble tout ça...

Mais cela la fit tousser et de nouveau, elle se couvrit de sueur. Marie insista.

— C'est bon pour vous. C'est ben frais, vous savez, l'œuf et pis le lait...

Stella fit un effort pour s'asseoir. Ses cheveux se répandirent sur l'oreiller, en une inextricable broussaille grise. Marie souleva la tête de sa mère, en glissant son bras droit, sous la nuque moite, à travers la masse des cheveux. Elle tenait le bol de la main gauche, et l'approcha, d'un petit coup trop vif. Les dents de Stella frappèrent le bol.

Après avoir bu quelques gorgées, elle serra les lèvres et fit signe à Marie qu'elle n'en pouvait plus. Ses yeux fixèrent encore longtemps le bol qui venait d'une dame inconnue.

Le bébé dormait. Julia et Yvonne demeuraient assises, immobiles, sur un banc étroit, sans dossier, leurs pieds nus bien à plat sur le plancher. Les deux profils aigus se détachaient l'un sur l'autre, dans une sorte d'attente vague, pétrifiée.

Marie couvrit le bol avec une soucoupe. Stella suivit le geste de sa fille et remarqua avec un certain plaisir que le bol et la soucoupe étaient bien assortis. Cela l'étonna d'être ainsi prise en flagrant délit de contentement au sujet d'un objet qu'on lui avait donné en aumône. Elle eut beau chercher en elle, elle ne trouva nulle trace d'orgueil, ni fierté, ni révolte, rien qu'une immense pitié pour tout ce qui vit et meurt. Elle essaya de faire le compte des objets donnés qui se trouvaient dans la pièce. Elle tourna la tête à droite et à gauche, puis à gauche et à droite. Cela l'épuisait et elle n'arrivait pas à rien retenir avec ses yeux ouverts. Elle ferma les paupières. Des images vinrent en foule, lui battirent les tempes comme des oiseaux pressés, aux becs durs, aux cris rauques.

Tout le visage de Stella était crispé, sa poitrine détruite se soulevait avec bruit. Les images s'échappaient de partout dans sa tête. «J'ai la fièvre», pensait-elle. Un bel édredon rouge tout gonflé de plumes vint la visiter. Elle était éveillée et ne rêvait point, de cela elle était sûre. Elle n'aurait eu qu'à ouvrir les yeux pour retrouver la chambre de planches et ses trois filles, fascinées par l'approche du malheur.

De tous ces objets cassés, fanés, disloqués, repeints, recollés, rafistolés, objets perdus, objets trouvés, bons au feu, comme le visage du pauvre, dont les bonnes âmes des paroisses avaient submergés les époux Gauvin ; un jour pourtant, il y avait eu l'édredon rouge, tout flambant neuf. Cette couleur vermeille, Stella pourrait y toucher, à l'instant même. Toute la douceur du monde, là, à portée de la main. Pourvu que cela soit vrai ! Pourvu que cela dure !

Faire son nid, une fois pour toutes. Dormir. S'étendre à jamais dans ce bien-être. Le corps endolori de Stella implore une image qui se déchire, pareille à un vent léger.

Plus une place fraîche dans ce lit bossué, entre ces draps rapeux, trempés de fièvre. La terre entière brûlerait-elle ? Toute vie serait-elle vouée au feu ? N'avoir aucun pouvoir sur la douceur du monde. Ne rien retenir de la vie que la soif. La soif se répand dans la chair et les os, dans les petites plaies des coudes et des reins, tandis que la langue se dessèche.

Quel bel édredon on avait un jour donné à Stella. Et quel mari sans pareil s'était aussitôt couché avec elle sous le couvre-lit magnifique. C'était la guerre. Dehors il neigeait. Mais il poudrait si fort que les lourdes bottes des soldats ne marquaient pas plus par terre que des pattes d'oiseaux. Stella et Étienne habitaient une pièce au-dessus du magasin général. Cette pièce était encombrée de boîtes vides, de savons, d'insecticides de toutes sortes et de râteaux neufs appuyés au mur. Quel malappris que ce docteur tout de même ! Il avait sauvé Étienne de la guerre. Mais il l'avait insulté. «Laissez-le, déclara-t-il aux soldats qui voulaient emmener Étienne se battre avec eux, dans les vieux pays. Que feriez-vous d'un petit rabougri, d'un pauvre décrépit comme lui ? Et pas plus de cervelle dans cette grosse tête-là que sur ma main !»

Étienne et Stella s'étaient consolés des propos du médecin-major, comme ils savaient se consoler de toute dérision, de tout mauvais sort, en se cherchant, se trouvant et se retrouvant, tous les deux, à l'infini, dans le noir, jusqu'à l'anéantissement.

Une faiblesse douce comblait le corps brisé de Stella. Remuer les doigts, ouvrir les yeux, semblaient au-dessus de ses forces. Seule cette fontaine, tour à tour brûlante et glacée, qui la baignait par à-coups, la faisait sursauter, l'empêchant de glisser tout à fait dans le vide. Une petite voix haletante, sérieuse, importante chantait dans sa tête : « Réveille-toi. Non, non ce n'est pas l'amour qui te blesse et te pacifie ainsi. Ce n'est que la mort qui vient. Défends-toi. Stella Gauvin, défends-toi. »

Marie s'était approchée du lit. Elle contemplait avec attention le visage clos de sa mère. Quelle mouche que l'enfant n'arrivait pas à chasser, quelle ombre légère rôdait là autour de l'oreiller ? Marie pensa au docteur. Demain, elle retournerait au village et elle ramènerait le docteur Beauchamp. Elle insisterait tellement qu'il ne pourrait pas ne pas venir.

La petite fille prit le bébé dans ses bras, le serrant très fort sur sa poitrine, pour le « couver », à même sa chaleur, pensait-elle. Ainsi, chaque fois qu'un petit frère était venu au monde, avait-elle cru pouvoir conjurer le sort, compenser par sa propre chaleur, pour je ne sais quel manque obscur dans le ventre maternel qui n'arrivait à donner naissance qu'à de petits mâles condamnés d'avance. Si les filles avaient la vie dure, les garçons, par contre, mouraient presque tout de suite. Mais, celui-là, Marie s'était juré de le réchapper, coûte que coûte. Le bébé rechignait et s'agrippait au petit corsage plat. Marie crut qu'il avait faim. Elle tendit le bras vers le bol bleu, afin de donner au petit le reste de l'œuf battu. Elle fit boire le bébé, comme elle le faisait, depuis que la mère ne pouvait plus allaiter.

Marie dit à la plus grande des deux petites qui s'appelait Julia d'aller chercher du lait chez le voisin, et peut-être aussi un œuf, si on voulait bien lui en donner un. Julia regarda sa sœur de cet air stupéfait qui semblait devoir être le sien pour la vie, et ne bougea pas. Marie ouvrit la porte et poussa la petite dehors. Un instant, la beauté calme qui régnait dans la plaine, envahit la cuisine. La lumière bascula sur le plancher de bois, aux larges planches noueuses, telle un coup d'eau qui balaye un pont

156

de navire. Le soleil baissait rapidement à l'horizon. La route devenait mauve et douce comme une grève. Les épinettes à contre-jour étaient déjà noires. Julia frissonna sous sa robe d'indienne. Le voisin habitait loin, du côté du brûlé. Il fallait se hâter avant la nuit. Parfois les employés de la beurrerie ne ramassaient-ils pas toute la traite du soir ? Et Julia n'avait plus alors qu'à reprendre la route, petite ombre quêteuse et bredouille.

Marie dit à sa sœur de se dépêcher. Julia se mit à courir, pieds nus, sur la route lisse. L'aînée tendit l'oreille jusqu'à ce que le bruit des pas de la cadette se fût tu.

Stella ouvrit les yeux, un instant, vit un rayon de soleil attardé sur le plancher, s'en étonna, car elle frissonnait, crut que c'était le froid qui brillait ainsi, rendu visible comme un éclat de couteau, tombé par terre.

Elle cria que le froid la faisait mourir. Marie ferma la porte. Elle fit un petit feu et mit de l'eau à chauffer dans une casserole. Le bois était vert et la chambre s'emplit de fumée. Stella toussa longtemps. Le bébé se mit à pleurer, Yvonne, la troisième des sœurs, chanta, d'une voix fausse, pour le bercer. Marie souhaita devenir sourde. Elle eut envie de claquer sa sœur et le bébé pour les faire taire. La vie discordante lui entrait dans le cœur, sans qu'elle pût rien faire pour l'en empêcher.

Ah! Mon Dieu! Cette femme qui toussa va finir par s'étouffer! Marie s'assit sur le lit, au chevet de fer tordu. Elle souleva le corps lourd, tout brûlant, l'appuyant comme une poupée de son, contre son flanc frêle. Elle dit des mots sans suite ni sens, avec une telle douceur, inconnue d'elle-même, que cela l'étonnait et la déchirait à la fois. Marie baigna d'eau fraîche la face altérée. Stella voulut remercier sa fille, leva les yeux vers elle, mais le regard de Stella se perdit en cours de route, s'attarda sur ses propres mains posées sur le vieil édredon usé et décoloré. La femme s'émerveilla de trouver ses mains si blanches et fines, mystérieusement purifiées de toute trace de travail et de misère.

« Mes os doivent être blancs et fins, à l'intérieur de mes doigts. Un vrai squelette de dame, pensa-t-elle ainsi qu'à un trésor redoutable et caché qui allait sans doute lui être bientôt révélé. L'âme elle-même devait être comme ça, épousant chaque ligne de notre corps, accomplissant chaque geste de notre vie, dissimulée sous notre peau, au centre de notre chair, comme les os. Je lève la main pour bénir ou frapper, et mon âme bénit et frappe avec moi. Mon âme est dans mon ventre. Ce vide, ce froid qui monte à l'assaut des quatre coins du lit parviendront-ils à débusquer cette sœur patiente, fidèle, aveugle qui jamais ne s'est plainte de la terre charnelle ? »

Marie avait relevé l'oreiller. Stella à moitié assise respirait plus à l'aise. Tous ses soins consistaient à ne pas frotter sur les draps ses coudes et ses talons à vif. Peut-être ainsi, à force d'immobilité, réussirait-elle à endormir ce goût de fer et de sang persistant dans sa gorge ? Ce mauvais rhume qui ne passe pas. Depuis le temps. Étienne disait : « Tu tousses comme une vieille chatte ». À la première hémorragie, Stella s'était crue guérie, heureuse de cracher enfin ce mal qui l'oppressait. Il lui arrivait maintenant de croire que la racine du mal était trop profonde dans sa poitrine, tout entortillée avec la vie, menacée dans sa source même.

Elle avait eu tort de garder le lit depuis une semaine. Se lever, s'habiller, marcher, devenaient pour elle autant d'entreprises étrangères, hasardeuses et vaines. « Et puis, je suis trop fatiguée pour seulement lever le petit doigt… » Stella regarda ses mains à nouveau, avec attention, avec curiosité. Cette tâche l'attendait de se regarder toute, de se voir toute, pour la première fois. Mais il y faudrait le temps, elle était si lasse. La femme ferma les yeux. « Cet homme foudroyé, en croix par terre, la face dans la poussière… Non, non, je ne veux pas le voir! Ou je deviendrai folle!» Stella cria. Marie se pencha sur elle. La femme supplia.

— Empêche-moi de dormir. Je fais des rêves si effrayants. Empêche-moi de dormir. Empêche-moi de dormir…

Marie répondit « oui, oui » très vite, d'une voix oppressée. Et elle avait envie d'appeler au secours, comme quelqu'un qui se noie.

Stella savait bien que ni sa fille, ni la crainte des cauchemars, ni rien, ni personne au monde ne la protégerait longtemps contre la tentation du sommeil dont son propre désir devenait complice.

«Je vous empêcherai de dormir», répétait Marie, et en même temps elle était terrifiée de s'engager dans une affaire qui dépassait étrangement ses forces et son droit. Néanmoins, elle entreprit ce guet et cette veille, épiant l'approche du sommeil sur le visage de Stella, bien décidée à chasser cette bête malfaisante. «Je le ferai reculer, je le ferai reculer, jusqu'à l'extrême limite de mes forces », pensait-elle.

Les yeux noirs de Stella, les yeux d'oiseau de Stella, se dilataient dans son visage creusé. La couleur jaunie de la peau s'allumait aux pommettes, comme si elles eussent été fardées. Stella s'appliquait à bien regarder autour d'elle, à découvrir les points de repère éprouvés et sûrs ; Marie, ici, tout près, avec sa petite face pointue et, là-bas, le bébé qui se taisait enfin, ballot de linge pas très frais, sur le banc à côté d'Yvonne, suçant son pouce.

Les planches grisâtres, aux veines noircies et roussies, tout ce paysage de vieille caisse pourrie déployait tout autour de Stella des ombres d'angoisse et de terreur. La femme s'agita, voulut échapper aux maléfices des murs et du plafond, chercha éperdument la planche neuve, tout juste au-dessus de son lit, la retrouva avec gratitude.

Elle s'efforça de fixer son attention, le plus longtemps possible, sur les gros nœuds couleur de noyau de pêche, sur la fraîcheur lisse, bien rabotée, du bois. Mais elle n'arrivait pas à s'accrocher solidement à quoi que ce soit de visible. Pas plus que le visage de Marie ou la silhouette d'Yvonne et du bébé, la planche claire ne parvenait à exister fortement aux yeux de Stella. Rien ni personne ne faisait plus contrepoids aux mauvais rêves rôdant dans la chambre.

Toute la mémoire craque et se disloque, envoie ses secrets pêle-mêle. Le temps n'est donc pas si étanche qu'il se rompt comme un sablier ? De petits bouts de vie ancienne se montrent, se pavanent et meurent une seconde fois. Stella flambe une seconde fois, dans une nuit égale, à peine effleurée par une imperceptible lumière.

De la mémoire pourtant, Stella n'en avait jamais eu de reste. Ni Étienne non plus. De là peut-être venait une certaine forme de malheur, une certaine forme d'espérance aussi ? On recommençait les mêmes sottises, sans se lasser, on rattrapait les mêmes joies, les mêmes peines, comme si on les inventait à mesure. Les souvenirs mis en commun, on ne s'y retrouvait guère, la part de l'un perdue dans celle de l'autre. Les méfaits et les magies de l'oubli, l'intervention souterraine de l'imaginaire, et voici que, quelques soirs, Étienne déballait des souvenirs fabuleux. Et cela tournait à sa gloire, ou à sa ruine, selon l'humeur de l'auditoire.

On faisait volontiers cercle autour d'Étienne, au magasin général. Des hommes tirant sur leurs pipes, quelques femmes avec des enfants accrochés à leurs jambes nues. La première fois, Stella était entrée pour chercher de la farine. Étienne parlait, appuyé tout de travers contre la porte de moustiquaire, avec l'affiche *Salada* collée dessus, ses yeux gris perdus au loin, sa tête bouclée et laineuse penchée sur le côté. Stella avait déposé son sac de farine. Ses deux bras lui pendaient le long du corps, ses yeux immenses grandissaient encore, sa bouche s'entrouvrait. Elle écoutait Étienne. La femme de Loth changée en statue de sel n'avait pas subi changement plus profond, à l'intérieur de tout son corps bouleversé.

Étienne parlait de ce feu de forêt, du côté du lac Édouard, là où à quatorze ans, aide-cuisinier dans un camp de bûcherons, il avait failli griller vif, piqué comme un lardon sur un arbre en flammes. « Saute ! Mais saute donc ! » lui criaient les hommes. Mais l'enfant, devenu fou, se cramponnait à cet arbre, comme à sa mort. Le feu sautait de branche en branche, atteignait le pantalon d'Étienne, ses jambes, les pans de sa veste. « Saute ! Mais saute donc ! »

La fièvre monte sur Stella, la recouvre d'une vague profonde, la laisse à découvert, frissonnante et claquant des dents. « Je gèle comme la neige. Puis vient le tour du feu. Ah ! Mon Dieu ! » Étienne a manqué mourir de ce feu, et de quelle soif aussi, au sommet de son arbre ! Voici que Stella se change en torche avec lui, traverse le temps, gagne le centre du feu et de la soif, avec cet enfant qui brûle, corps et âme.

Stella gémit. Ses lèvres lui collent aux dents. Elle n'a plus de salive. Elle tente de bouger la tête. Elle ouvre les yeux. Le visage de Marie est tout près du sien, démesuré, renversé comme une image dans l'eau. La petite figure est toute froncée dans une attention extrême. La voix enfantine nasille, anonne.

— Ayez pas peur. C'est rien qu'un mauvais rêve. Y faut pas dormir en toutte. Vous savez ben…

Stella voudrait tellement boire, mais elle aimerait ne pas avoir à le demander. Elle désirerait être désaltérée, par miracle, sans même ouvrir la bouche, pour avaler. De nouveau, elle considère les nœuds sur la planche, au-dessus de son lit. Elle se met à les étudier, ces nœuds, comme si cela était très urgent, très important de les connaître, de les compter, un par un, comme si cela pouvait faire oublier la soif et l'oppression qui monte.

Marie passe son doigt mouillé sur les lèvres gercées. Elle tente de faire passer des gouttes d'eau entre les dents serrées. Cette enfant est trop intelligente. Elle devine tout. Pourquoi ne pas s'en remettre à elle pour la vie et la mort ? Cette fille est petite pour son âge. Si on la charge trop, elle cassera, comme une canne fine.

Stella ne retrouve plus la planche rassurante au plafond, tente de faire l'inventaire des autres dont elle a horreur. Il se passe ceci d'étrange que le vieux bois n'est pas dupe du sentiment de crainte qu'éprouve Stella à son endroit. Il devient plus horrible encore, en guise de représailles. Les taches de pluie s'intensifient à vue d'œil, s'animent, mues par une vie sournoise. Toujours ce mouvement de vagues ou de flammes léchant les âges du bois.

Et ce feu de forêt, au fond des terres, entre le lac Édouard et la rivière à Pierre, Stella en a-t-elle vraiment éprouvé la terreur à même son corps menacé ? Ou Étienne lui a-t-il seulement fait le récit magnifique ? L'herbe était roussie à distance, comme par des reflets de forges nourries par mille arpents de forêt, crépitant comme des brasiers de sauterelles enragées. La fumée vous entrait dans la gorge, vous crachait dans les yeux. Il aurait fallu courir avec les animaux sauvages débusqués, souffle à souffle, au pas de charge, dans une panique folle, à la recherche de l'eau et de l'air. Et ce petit garçon restait là, prisonnier de sa terreur, dans cet arbre de feu. Le bûcheron qui l'avait sauvé déclarait que : « Le petit gars flambait, terrible, un vrai bois d'allumage. Son suif coulait par terre comme une chandelle qui fond. Sa chemise et son pantalon étaient devenus tout noirs, secs et cassants. On aurait dit du papier brûlé. »

162

Étienne prenait une voix sinistre pour rapporter les paroles du bûcheron. À cet endroit de son récit il s'appuyait davantage sur la porte en moustiquaire, et l'affiche « Salada » sonnait avec un bruit de claquoir. Étienne tremblait. Tout son corps était agité de soubresauts. Personne n'osait parler. Il y avait un moment de silence lourd. Puis le calme revenait peu à peu. Étienne terminait alors son récit dans une paix extraordinaire. Sa voix sereine semblait venir d'un autre monde et donnait à sa dernière explication une allure de vérité irréfutable, une sorte de conviction surnaturelle.

— La cause de ce feu de forêt effrayant ? Le Soleil, un moment donné, est passé trop proche de la Terre. Pour commencer les plus hautes montagnes ont pris feu, puis les plus petites, puis les bois, les champs, les rivières et les lacs mêmes ont failli y passer et bouillir comme des marmites. La cause, je vous la dis, moi. Le Soleil est passé trop proche de la Terre. Les pins les plus hauts ont eu la tête coupée net par le Soleil. Puis les sapins, les érables, les bouleaux, les fougères, les aulnages, les fardoches, toutte y a passé, toutte. On aurait dit la fin du monde.

L'émerveillement, la stupeur, la méfiance, la moquerie se lisaient à tour de rôle sur les visages attentifs, massés autour d'Étienne. Un homme dit : « Ouais, tout ça, c'est des imaginations ! » Cela suffit pour réveiller Stella, la rendre vive, telle une aiguille, prête à la riposte. Elle, la fille balourde, peu sûre de ses gestes, de ses paroles, de son droit, elle endossait, d'un coup, à jamais, les paroles, les gestes, les brûlures d'Étienne Gauvin, sa démarche brisée, sa peur inguérissable, ses souvenirs de menteur ou de visionnaire. Elle s'approcha de l'homme. Elle ne savait que dire. Il y avait de grands trous dans sa tête. Elle avait reconnu la détresse d'Étienne, comme sa vérité à elle, soudain exaltée par la parole. Et pourtant Stella était sans souvenir. Son corps rude vibrait encore, parfois, sans reproche ni amertume, d'une douleur vague, lointaine.

Étienne regarda Stella de son œil fatigué. Il détourna la tête, s'essuya le front, demanda à boire. On lui servit de la bière. Il regarda Stella à nouveau, par-dessus son verre, débordant de mousse. Il s'adressa directement à elle: «La soif c'est ce qu'il y a de pire au monde, murmura-t-il». Stella se troubla, subitement dépistée, accompagnée, dans ses propres ténèbres. Elle bredouilla qu'elle avait eu aussi très soif, lorsqu'elle était à l'orphelinat. Une phrase lui revenait, émergeant, nette, précise de cette nuit floconneuse dans sa tête. «Si vous avez soif, mordez-vous la langue. Ça passera, vous verrez», avait coutume de dire sœur Bernadette, quand un enfant insistait pour boire, entre les repas.

Mais Stella ne parvenait pas à répéter cela à Étienne. Elle disait des mots sans suite, tout bas: «Vous savez. Y a pas à dire. La soif. Ça n'a pas d'allure. Moi aussi. Là! Là! Moi, je… Tous les enfants. Les sœurs. La sainte enfance… »

Une sorte de plénitude dans la dépossession, ils éprouvaient cela, tous les deux ensemble, tel un bien commun, soudain découvert. Mais le désir qui naissait entre eux, leur apportait, du même coup, l'autre face bouleversée du monde: une sorte de félicité sauvage qui les faisait trembler, l'un en face de l'autre.

Il vente maintenant. Le papier déchiré sur la couverture claque sans arrêt. Les premières gouttes de pluie viennent, une à une. Marie et Yvonne se précipitent, traînent des seaux sur le plancher, là où la pluie dégouline habituellement, les jours d'orage. Elles calfeutrent avec du papier-journal, du côté du nord-est. Stella dit que le froid entre par le toit, que le froid passe sous la porte, qu'il s'engouffre par le tuyau du poêle, qu'il est partout à la fois.

Cette cabane est en carton. L'hiver dernier, lorsqu'elle se levait la nuit, pour nourrir le petit, Stella apercevait la lune, reflétée sur la neige, à travers ces fentes qu'on n'arrive jamais à boucher tout à fait.

Qui pourra jamais parler du froid! Ce couteau entre vos deux omoplates, ces aiguilles sous vos ongles, cette misère au centre de vos os. Qui osera jamais parler de l'hiver? On ne peut pas plus parler de l'hiver que de la mort. De le faim, de la soif. De l'amour aussi. Et de la pauvreté. Poussée à de certaines limites, la vie se passe derrière la porte du silence. L'aventure trop forte nous saisit, nous submerge, nous transforme, s'accomplit si intimement, si totalement en nous, qu'elle se met à exister à notre place, nous dispensant de toute parole, de toute plainte.

— Vas-tu finir de rechigner. Si ça a du bon sens de brailler comme un veau!

Mon Dieu, qui parle ainsi? De quel enfant s'agit-il? De qui sont ces pleurs? Marie tourne et retourne le bébé dans ses bras, cherchant éperdument dans quelle position ce paquet vagissant pourrait bien trouver le silence et le calme.

L'impatience subite de Marie a toujours effrayé Stella, croyant y discerner le signe même de ce monde redoutable et révolté dont parfois quelques ouvriers de rencontre s'entretenaient avec Étienne. Cette petite est trop prompte, trop fière aussi. Un jour, n'a-t-elle pas crié, la voix pleine de défi, tout contre le visage de sa mère: «Moi, je veux pas vivre comme une bête! Tu m'entends, Stella Gauvin? Je veux pas vivre comme une bête. Moi, je veux pas! Je peux pas!»

Stella fait signe à Marie. Et voici le bébé sur le lit, près d'elle. L'enfant a beau pleurer maintenant, on dirait qu'il minaude derrière une vitre. Stella ne l'entends pas.

165

Elle touche du doigt le petit poing crispé, d'un geste doucement machinal.

Marie vient de déclarer que : « Cela ne peut durer ! Qu'il faut faire quelque chose. » Elle parle d'aller chercher le médecin.

Il pleut très fort. Chaque goutte de pluie se détache, nette et dure sur le toit. Puis, les gouttes viennent toutes ensemble, en avalanches. L'eau coule du toit, dans la chambre, fait flic-flac avec entrain, gicle dans les seaux déjà pleins. Marie et Yvonne se précipitent, vident les seaux, posent des casseroles, des plats, des bols, sous les gouttières de plus en plus nombreuses. Cette cabane est criblée de trous. Il pleut sur le lit de Stella. Marie et Yvonne poussent le lit jusqu'au milieu de la chambre, un peu à gauche, là où il y a un îlot sec. Mais pour cela il faut d'abord déplacer la table.

Marie a remis le petit dans son berceau, après l'avoir changé et lui avoir donné un peu de lait. Stella ne semble n'avoir rien vu, rien remarqué. Elle continue de passer et repasser ses doigts sur le drap, comme si la petite main du bébé s'y trouvait encore. On dirait une chatte qui aiguise ses pattes, lentement, indéfiniment.

Marie appuie son visage contre la vitre ruisselante. La route est pleine de flaques. Les voisins ont dû garder Julia, à cause de l'orage. Pourvu qu'ils lui prêtent un manteau pour rentrer. Marie s'obstine à regarder dehors, guettant désespérément je ne sais quel secours pouvant venir de cette route plate, longue, à mi-chemin entre deux villages étrangers. Elle suit des yeux les rayons des phares trouant la nuit, à chaque voiture qui passe, éclairant des paquets de pluie aux gouttes visibles, pareilles à une danse folle d'insectes. De nouveau la nuit, l'abandon, la solitude de cette cabane transpercée de pluie.

« Grosse tête sans cervelle, petit rabougri, petit décrépit », se répète Stella, récapitulant sa misère avec

Étienne. Mais ces mots du médecin-major, n'en ayant jamais compris le sens exact, elle les a peu à peu dépouillés de toute intention malveillante jusqu'à les évoquer, ce soir, à la façon d'une langue secrète, à la fois sévère et tendre, propre à nommer le bien et le mal dans le cœur d'un homme innocent.

Ni suite dans les idées ni persévérance au travail, tout de suite accablé de fatigue ou saisi de peur, rêvant une minute sur deux, Étienne Gauvin vivait au jour le jour, ballotté d'un village à l'autre, fuyant des lieux, des paysages qui lui devenaient subitement intolérables. Sa femme, Stella, le suivait, un enfant dans les bras, un autre dans le ventre et parfois un bébé mort qu'il fallait laisser derrière soi, au cimetière de la dernière paroisse traversée, comme si ce n'était pas à eux cette petite chair perdue.

Très tôt, on tenta de prendre les époux Gauvin en faute. On chercha la raison cachée, la tare secrète, la cause profonde d'un aussi grand dénuement. Étienne et Stella étaient pauvres, sans honte ni pudeur. Et c'est justement cela qu'on leur reprochait, cette insoutenable innocence dans le malheur. On essaya d'éveiller la culpabilité chez eux. On s'efforça d'imaginer le péché originel dans l'âme de cet homme et de cette femme. «Il n'y a pas de fumée sans feu. Il y a sûrement quelque chose de louche là-dedans, disait-on. Si ça ne vient pas d'eux, ce sont les parents qui... »

Un jour, un jeune curé, poussé par quelque dame patronnesse, crut deviner la clef de l'énigme, la raison pour laquelle l'épreuve de Dieu s'appesantissait ainsi sur le jeune couple. Il fait comparaître Étienne et Stella, leur parla sans oser les regarder, d'une voix embarrassée qu'il s'efforçait de rendre touchante, comme endolorie d'avoir à poser une telle question : «Oui ou non, êtes-vous mariés ? »

La réponse d'Étienne, d'un seul coup, brouilla les cartes, fixa leur sort, décida de leur départ du village. Il répondit en cherchant ses mots avec peine, que leurs papiers de mariage avaient brûlés, lors d'un feu de forêt, au lac Édouard. Stella eut beau protester, affirmer que leur mariage était inscrit dans le registre de Sainte-Rose, le curé leur recommanda, non sans ironie, de reprendre la route et de retrouver cette paroisse mystérieuse.

«Menteur! Menteur! hurlait Stella, pourquoi as-tu raconté ça au curé? Tu nous feras chasser de partout, comme des criminels, avec des histoires!» Et elle pleurait et elle frappait Étienne de ses poings en pleine poitrine. Étienne souriait, essayant de se protéger des poings de Stella, retrouvant une verve étrange et triste pour parler du feu de forêt.

On découvrit le certificat de mariage à Sainte-Rose. Étienne l'avait toujours su dans le fond de son cœur. Mais c'était plus fort que lui, dès qu'on mettait en doute sa bonne foi, il prenait peur, s'affolait, se butait derrière cette histoire de feu de forêt. Ainsi réfugié dans son mal d'origine, où nulle horreur ne manquait, il était sûr qu'aucun nouveau tourment ne pouvait plus l'atteindre.

«Menteur!» Stella frappait toujours. Une grêle de coups sur cette poitrine creuse. Il lui semblait que ses poings continuaient de taper, sans elle, comme des machines impossibles à arrêter, une fois mises en mouvement. Toc, toc, toc, les coups reprennent sur le toit maintenant, s'acharnent. Quelle tempête! La couverture va se fendre en deux et tomber sur nous! Mon Dieu! Stella ouvre les yeux, n'arrive plus à situer sa détresse présente, tant sa première querelle avec Étienne la tient et l'obsède. Elle crie encore : «Menteur!» Et elle pleure de regret, pour avoir injurié cet homme blessé qui est son mari.

Le visage sérieux de Marie se penche sur Stella.

— Y faut pas dormir. Y faut pas dormir. Calmez-vous. C'est l'orage sur le toit qui fait tout ce train...

Stella en veut à sa fille de la réveiller. Si tout à l'heure elle préférait tout, plutôt que de partir en rêve, maintenant elle est tellement avancée sur ce chemin d'angoisse qu'elle ne peut plus retourner en arrière.

— Laisse-moi tranquille, Marie. C'est pus le temps. Je suis trop fatiguée, asteure. C'est pus le temps de m'empêcher de dormir, je t'assure.

Stella tourne la tête du côté du mur. Ses larmes lui tombent dans la bouche. Elle implore son plus horrible souvenir. Mon Dieu, le sourire d'Étienne vire ! C'est comme du lait qui tourne. Une seconde, et c'en est fait. Ce ne sera plus jamais son visage. Non, non, ce n'est pas possible qu'elle en soit déjà rendue là, à veiller ce mort, son mari à surprendre cet instant où la face humaine change et passe brusquement du côté de l'épouvante.

Voici Marie à nouveau qui redresse les oreillers. Cette enfant est trop intelligente, un jour elle nous quittera, c'est sûr.

— Vous voulez boire ?

C'est facile de boire. Pourquoi se priver. C'est vraiment plus facile de boire qu'elle ne le croyait. Si elle parlait à Marie, pour voir ? Stella articule, syllabe par syllabe, des mots qu'elle ne comprend pas, elle n'en a pas d'autre, et qui servent à désigner son mari qui est mort subitement, il y a un an.

— Foudroyant. Le docteur a dit foudroyant. C'est ce qu'il a dit le docteur. Psst comme une vitre qui casse. Quelque chose de brisé dans son cœur. Foudroyant, rabougri, décrépit, foudroyant...

Stella rit d'un petit rire hystérique qui la fait tousser. Ses pommettes sont excessivement rouges. Elle s'anime, se cale sur les oreillers, s'arc-boute sur ses talons écorchés. La femme fait de grands signes à Marie qui s'incline tout près. Elle lui confie, dans un long rire rauque qui déclenche une crise de toux :

— Ton père, Étienne Gauvin, avait une grosse tête de cheveux frisés, ben rare, ben noire, ben belle, une vraie corneille !

Stella s'agite, se tourne et se retourne dans son lit. Elle dit que ses forces reviennent et qu'elle va se lever. Elle demande ses bottes, à cause de la neige. Elle menace de se jeter à bas de son lit. Marie borde sa mère, la supplie de se calmer. Elle crie pour réveiller Yvonne qui s'est endormie sur un tas de chiffons. La petite ouvre un œil hébété, bouffi de sommeil et le referme aussitôt. Marie secoue l'enfant par les épaules, tente de la mettre debout, lui lave le visage et le cou avec de l'eau fraîche.

— Vite. Va chercher Julia chez la voisine. Ramener Julia. Ramener la voisine itou. Y faut. La mère est ben malade. Elle a le délire. Ramener la voisine. Y faut. Y faut absolument.

Marie prononce chaque mot, contre le visage de la petite, comme si elle voulait l'hypnotiser :

— Y faut. Y faut. T'entends, Yvonne ? Y faut. Tout de suite.

Accoutrée d'un manteau trop grand pour elle, des galoches qui ne tiennent pas à ses pieds nus, Yvonne est précipitée dehors sous la pluie. Marie lui recommande de courir et de faire attention aux voitures.

L'odeur forte de la terre saturée d'eau, la fraîcheur de la pluie sur ses joues, le chant triomphant des chutes, au loin. Marie renifle à petits coups furtifs. Mais elle referme bien vite la porte.

La respiration sifflante de Stella emplit toute la chambre. Cette femme se débat trop loin à présent pour qu'on puisse l'atteindre. C'est tout juste si, par moment, elle nous aperçoit à travers l'écran opaque de son agonie. Marie n'en finit pas d'essuyer cette face qui ruisselle de sueur et de larmes. Cette femme se noie. Personne ne parviendra jamais à étancher son visage.

Stella l'a-t-elle vraiment murmuré ce mot ? Ou Marie l'a-t-elle reçu du silence de sa mère, s'accrochant à son silence à elle, Marie, comme une vie nocturne transmise, une sorte de legs immatériel confondu avec le dernier petit souffle ? « Il faut avoir pitié, Marie... »

La pluie s'est arrêtée. Il n'y a plus que des gouttes légères dégoulinant des arbres sur le toit. Marie ouvre toute grande la porte. Quelle est cette bête tapie là, dans l'ombre, qui s'abat sur elle, trempée de pluie ? Marie a failli perdre l'équilibre. Elle n'a pu retenir un cri léger. Yvonne explique, à travers ses sanglots, qu'elle a trop peur pour aller chez le voisin. Elle avoue ne pas avoir bougé depuis tout à l'heure.

La petite accrochée à sa jupe, Marie retourne doucement à l'intérieur de la cabane silencieuse, pour chercher le bébé. Il y a cette femme de pierre sur le lit, avec un filet de sang qui se reforme sans cesse, au coin de la bouche. La lampe est allumée sur une chaise, à côté du lit.

Debout sur le petit perron de bois, Marie attend, le bébé dans les bras. Yvonne serrée contre elle. Julia s'en revient sur la route. La voisine est avec elle. On voit les deux lampes de poche qui se rapprochent dans le noir. Il y a des flaques partout, la beauté odorante de la plaine, murmurante d'eau et d'insectes, a repris son chant de paix.

Marie presse le bébé contre sa poitrine, penche son visage sur le petit visage endormi. L'enfant grimace en rêve sous une averse salée.

(Automne 1962)

Biographie succincte

Anne Hébert est née à Sainte-Catherine-de-Fossambault, près de Québec, en 1916. Une ambiance littéraire dans le milieu familial favorise bientôt l'éclosion de son talent. Son père est critique littéraire et son frère, homme de théâtre.

Pendant quelques années, elle écrit des textes pour la radio et la télévision. En 1950, *le Torrent* est publié. La révolte qui s'y exprime ouvertement apparaît comme un phénomène nouveau au Québec. De même pour *les Chambres de bois,* publié en 1957, qui marquent le début du roman poétique.

Après la publication de son recueil de poèmes *le Tombeau des rois* en 1953, plusieurs écrivains et critiques français consacrent des articles élogieux à son œuvre, et la font connaître en France. L'attribution du prix des Libraires en 1971 pour son roman *Kamouraska* nous révèle une grande romancière. Cette œuvre est traduite aujourd'hui en plusieurs langues. On la considère comme l'une des plus importantes de la littérature de langue française contemporaine.

La publication de ses œuvres a toujours suscité un vif intérêt auprès des lecteurs. Les prix qui se sont succédés au cours de sa carrière en témoignent assez bien : prix David (1943), prix Duvernay (1957), prix France-Canada (1957), prix de la province de Québec (1959, 1961, 1967), prix du Gouverneur général (1971), prix Molson (1971), prix de l'Académie royale de Belgique (1971), prix Monaco (1976), prix David pour l'ensemble de son œuvre (1978), prix Fémina pour son roman *les Fous de Bassan* (1982). Elle vient de publier, en 1988, *le Premier Jardin,* son plus récent roman.

Depuis plusieurs années, Anne Hébert habite à Paris. «Comme Joyce observait Dublin de Zurich, mon lieu de recul est à Paris et c'est là que je recrée le Québec». Au plan littéraire, ses préférences vont à Tchékhov et Dostoievski. Elle cite aussi Rimbaud, Baudelaire, Supervielle; Proust, Bernanos, Faulkner et Céline. En littérature québécoise, les noms de Marie-Claire Blais et Réjean Ducharme reviennent souvent.

De la même auteure

Les Songes en équilibre, poésie. Montréal, Hurtubise HMH, 1942, 156 p.

Le Torrent, nouvelles. Montréal, Beauchemin, 1950 ; Montréal, Hurtubise HMH, 1976, 176 p.

Le Tombeau des rois, poésie. Québec, Institut littéraire de Québec, 1953, 76 p.

Les Chambres de bois, roman. Paris, Seuil, 1957, 189 p.

Poèmes. Paris, Seuil, 1960, 109 p. (Comprend « les Songes en équilibre », « Poésie, solitude rompue » et « Mystère de la parole »)

Le Temps sauvage, suivi de *la Mercière assassinée* et *les Invités au procès,* théâtre. Montréal, Hurtubise HMH, 1967, 187 p.

Dialogue sur la traduction à propos du « Tombeau des rois ». Montréal, Hurtubise HMH, 1970, 109 p.

Kamouraska, roman. Paris, Seuil, 1970, 249 p.

Les Enfants du Sabbat, roman. Paris, Seuil, 1975, 189 p.

« L'Île de la demoiselle », théâtre. Montréal, *les Écrits du Canada français,* n° 42, 1979, p. 9-92.

Héloïse, roman. Paris, Seuil, 1980, 123 p.

Les Fous de Bassan, roman. Paris, Seuil, 1982, 249 p.

Le Premier Jardin, roman. Paris, Seuil, 1988, 189 p.

Achevé d'imprimer en mars 1989 sur les presses de
l'Imprimerie Gagné, à Louiseville.